ハッピーライフ

北大路公子

寿郎社

ハッピーライフ　目次

装幀　鈴木美里
カバー写真　T2film／ピクスタ

第一話

均された世界

日に日に眠りが浅くなっていく。

目を覚ますのは、夜明け前のいつも決まった時刻だ。部屋に一切明かりはない。私がそうしてほしいと言ったからだ。結婚生活初日、少しの光でも眠れないと言った私を、不思議そうに見たのはどの夫だったか。あの頃の記憶はまだどこか曖昧だ。

もちろん一つ一つの出来事はよく覚えている。新居での初めての夕食が湯豆腐と麻婆豆腐と揚げ出し豆腐という奇妙な組み合わせだったことだとか、それは商店街の豆腐屋のおかみさんが「新婚さんに」と豆腐を五丁もおまけしてくれたからだとか、その時のおかみさんのエプロンが丹頂鶴の柄だったこととかだ。

初めて住む街の駅から続く商店街。やけに愛想のいい豆腐屋のおかみに圧倒されながら、私は丹頂鶴に目を奪われていた。

「どこに売ってるんですか……」

思わず声に出そうになるのを堪えて、私は大量の「おまけ」を受け取った。にこやかなおかみさんの笑顔と、彼女の太腿あたりで揺れる朱色の鶴の頭頂部を、私は今でもありありと思い浮かべることができる。

けれども、結局それは単なる風景写真のようなものだ。平板な風景写真を何枚積み重ねたところで、決して深い森にはならない。湿った空気も鳥の囀りも存在しない。そのことを日記をつけるようになって初めて私は知った。

日記は毎日夜明け前に書く。眠りが浅くなったことと日記を書くことの間に何か関係があるかどうかは、自分でもわからない。はっきりしているのは、結婚して二週間後から私は日記をつけ始め、その後徐々にうまく眠れなくなっていったことだけだ。それがもう二年以上続いている。

暗闇の中で目を凝らす。私の要望を正しく受け入れて、寝室は本当の闇だ。こうしてじっとしていると、かつて置き去りにしてきたすべての感情が押し寄せ、絡め取られそうになる。

ベッドを抜け出し、寝室を出る。横にいる夫が目を覚ますことはない。かつての私がそうだったように、あるいはこの街の皆がそうであるように、夫にとっての眠りはいつかなる時も深くて無邪気なものなのだ。

小さくドアを開け、そっと振り返る。射し込む廊下の明かりが夫の顔を照らす。濃い眉、癖のある前髪、筋肉質の太い腕。昨日と同じ夫だ。夫はここ八ヶ月ほど入れ替わっていない。これは最長記録だ。

　正しい日記の書き方を私は知らない。正確には、正しい日記の書き方というものが存在しているかどうかすら知らない。本物の日記を見たのは子供の頃に一度きり、実家の納屋の屋根裏部屋でのことだ。

　私は最初それを古い本だと思った。色あせた青い布張りの本。海賊や宝の山が出てくるような大昔の本。ザラザラした手触りのそれが、日記だと教えてくれたのは父だ。

「にっき？」

　生まれて初めて耳にした言葉を思わず繰り返した。父は頷き、静かに説明してくれた。昔の人々はこうして日々の出来事を書き留めていたこと。それが意味のあることだと考える人もたくさんいたこと。でも今の時代にはもう必要はないこと。

「昔っていつ？」

「入れ替わりが始まる前だよ」

　父は言った。確かに私の生まれるずっと前のことだ。

「ずいぶん大変な時代だったらしい。剥き出しの感情を抱えて皆、生きていたんだから」

「むきだしのかんじょう？」

父の話はよくわからなかった。不思議そうな顔をしていたのだろう、私に向かって慌てて笑顔になり、

「心配ないよ」

と言った。「我々は穏やかで均された世界を手に入れたからね。ごつごつと尖った感情をわざわざ楔で心に打ち付けるような作業はもう必要ないんだ」

言いながらパラパラと日記帳のページを捲った。埃の匂いとかすれたインクの跡。私が欲しいと言い出す前に、父はそれを裏庭で焼いた。

当たり前ではあるが、その時の父の顔を私はどうしても思い出せない。父はそれほど入れ替わりの激しい人ではなかったが、それでも半年に一度くらいは入れ替わっていたのではないかと思う。朝、会社へ向かったのとは顔も髪型も背の高さも異なる人が「ただいま」と帰ってくる。そういうものだとわかっていても、子供の私はいつも不安になった。

「買ってきてくれた？」

だから私はよくお土産を頼んだ。街でしか売っていないキャンディや父の会社のメモ用紙。何でもよかった。リクエストどおりの物を書類鞄の中から取り出せば、見かけがどれだけ変わっていても父は父なのだ。

父が父であることを確かめると、ようやく私は父に馴染む。一度馴染むともう以前の父の

顔は思い出せなくなる。過去と今が複雑に混じり合った、区別不能な全体像としての父がいるだけだ。

そうなるまでの違和感が、けれども私は怖かった。すべての人は時が来れば自然と入れ替わり、だからといって何かが変わるわけではなく、本人に至っては、自分がいつ入れ替わったかすら気づかない。そんな当たり前の事柄が、なぜかずっと怖かった。


日記帳は台所の食器棚の奥に隠している。日記帳といっても、ごく普通の大学ノートだ。屋根裏部屋で見つけたようなものは、もうどこを探してもなかった。そのつまらない大学ノートを開き、食卓のかたい椅子に腰かけて、私は昨日の出来事をなぞるように思い出す。

昨日も暗いうちにベッドを抜け出し、この同じ場所で日記を書いた。朝食用のご飯を炊き、味噌汁をつくり、小松菜を茹で、卵か魚か迷ってから魚を焼いて、前夜の残りの煮物を温めた。起きてきた夫を見上げるようにしておはようを言った。今の夫は身体が大きい。その前の夫も背は高かったけれど痩せていた。さらにその前は絵に描いたような中肉中背で、もう一つ前は頭の大きなコケシのような人だった。私は夫の顔を忘れなくなった。日記をつけるようになったからだ。

その大きな夫と二人、朝食をとった。何度もやめてと頼んでいるのに食事中に新聞を読む夫に腹を立て、小言を言い、食事を終えると食器を洗って、夫を仕事に送り出した。洗濯機を二度回し、午後には買い物に出かけた。

肉屋で豚肉と卵を買い、八百屋でいんげんとトマトとアスパラガスを買い、豆腐屋で絹ごし豆腐を買った。釣り銭を渡してくれるおかみさんのエプロンは、今日は丹頂鶴ではなく鮫だった。水中から顔を出し、ギザギザの歯を見せびらかしながら大口を開けている鮫。「どこに売ってるんですか……」とはもう思わなかった。店の目星はついているからだ。同じ商店街にある古臭い洋品店だ。おかみさんは油揚げを一枚おまけしてくれた。

家に帰って洗濯物を取り込み、テレビを見ながら夫のシャツにアイロンをかけ、六時になると台所に立って夕飯の支度をした。ご飯を炊き、味噌汁をつくり、いんげんとトマトのサラダを冷やし、きのこをソテーして、アスパラを焼いた。夫が帰宅するのを待ってトンカツを揚げた。それを二人で食べ、食べながら、喧嘩をした。

きっかけはやはり新聞だった。夕刊片手に食卓に現れた夫は、当たり前のようにそれを広げた。

「ねえ」

と私は言った。「それやめてくれる？」

最初、夫は聞こえないふりをした。いや、たぶん本当に聞こえていなかったのだろう。私の知る限り、夫は誰かの話をわざと無視するような人間ではないからだ。

けれども昨日はそうは思えなかった。私の作った食事も、そのための手間暇も、あるいはそれを作る私自身さえ否定されたような気がしたのだ。その時だった。夫が新聞のページを捲ろうとして、醤油差しを引っかけた。

「あ、ごめん」

謝りはしたが、夫は動かなかった。食卓に黒々と広がる醤油の染みが目に入っているのかいないのか、そのまま新聞を読み続けた。私は立ち上がって布巾を取りに行きかけ、思い直して食卓に戻り、そして夫の手から力任せに新聞を取り上げた。「なっ」。言葉にならない声をあげて驚く夫を無視して、夫の前に並んだ食事を片っ端から全部三角コーナーに捨てた。味噌汁、サラダ、トンカツ、ご飯、きのこソテー、アスパラ焼き。

「え、何、何、ど、どうしたの」

うろたえた夫も立ち上がり、私を止めようとした。夫の名誉のために言うと、だからあれは突き飛ばされたわけではない。止めようとした夫に腕を強く引かれ、バランスを崩したのだ。痛っ！　と思った時には、床に倒れていた。持っていた皿は宙を飛び、アスパラガスが一本、冷蔵庫にあたって落ちた。

夫は呆然としていた。瞬きもせずに黒く丸い目で私を見下ろしていた。その夫の顔とアスパラガスと皿。私はそれらに一度ずつ目をやり、ゆっくりと立ち上がった。そして寝室のベッドに潜り込んで目を閉じた。頭がガンガンした。

日記を書き終え、私は台所を見回す。静かだった。生ゴミはきれいに始末され、食器は洗って食器棚に収められ、ただ縁の欠けた皿がシンクの上に一枚置かれていた。

「なんだ」

と思わず私は呟く。「なんだ、欠けちゃったのか」

この皿を買った日のことはよく覚えている。晴れた秋の日だった。結婚したばかりの私たちはピクニックのようにお弁当を持って買い物へ出かけ、新しい生活に必要なあれこれを細々と買い足したのだ。

真っ白なこの皿を気に入ったのは夫だった。「あんまり白過ぎない？」と言う私に、「新生活っぽくていいじゃないか」と糸のような目をさらに細めて夫は笑った。

あの日、夫ははしゃいでいた。そして私は幸福だった。買い物の後、芝生のある公園でお昼を食べながら、買ったばかりの皿をわざわざ空にかざし、

「ほら、俺たちみたいじゃない？　ピカピカで」

と夫が言うのを聞いた瞬間、私はこれが幸福というものだと確信したのだ。非の打ち所の

ない馬鹿みたいな幸福。新品の純白の皿のような一点の曇りもない幸福。だから私は日記をつけることに決めた。幸福を楔で心に打ち付けるために。

その皿が欠けてしまっていた。夫はどんな気持ちで始末したのだろう。考えると胸が痛んだ。朝食を作りながら、謝ろうと思う。夫が起きてきたら謝って、次の休みに新しい皿を買いに行こう。それだって充分幸福の形だ。

そう決めた時、背中から不意に声がした。

「昨日はごめん」

耳にした瞬間、言葉を失った。と同時に絶望と虚脱が入り交じった言いようのない気持ちに襲われる。初めて耳にする声。振り向かなくてもわかる。夫は入れ替わっていた。

「ごめんな。腕、痣になってるな」

昨日までの、否、夜明け前までの大男ではなく、色白で華著な姿で夫は何度も謝った。手を合わせ、立ち尽くす私に向かって拝むように頭を下げる。

「ごめん」

「うん」

「本当にごめん」

「もういいから」

言いながら、いいも悪いも、と思う。いいも悪いも、昨日私の腕を強く掴んだのは、この白くてひょろりとした指ではなかったではないか。呆けたように私を見下ろしていたのは、その薄く茶色い瞳ではなかったではないか。

「穏やかで均された世界」

父の言葉をふいに思い出す。なるほど、たとえ無意識であれ、こんなふうに何もかもを曖昧に遠ざけることを穏やかであるというなら、世界はとても穏やかだ。私は夫に尋ねる。

「このお皿買った日のこと、覚えてる？」

「覚えてるさ。晴れてたな」

けれども本当には夫は覚えていないことを私は知っている。あの日の青空も幸福も、彼にとってはすでに一枚の風景写真に過ぎないだろう。腕の痣にそっと触れる。私があと何度か入れ替われば、この日のこともすぐにそうなる。ふいに涙があふれて、さっき湧き上がった感情は悲しみだと気づいた。

背中を丸めてご飯を食べる夫を見ながら、私は日記帳のことを考える。それから楔のことも。その鋭い先端で深々と打ち付けられた悲しみのことを考える。

第二話

穏やかな人々

外に出るのは週に一度、木曜日の午前中と決めている。毎日二階の窓から商店街を眺めて観察した結果、木曜の午前中がもっとも人通りが少ないような気がしたからだ。

化粧はしない。黒縁の眼鏡をかけ、マスクをし、帽子をかぶる。夏は紺色の日除け帽、冬は黒のニット帽。毎週、身支度のたびに目出し帽が欲しいと切実に思う。見た目は怪しいが、あれですっぽり顔を覆ってしまえば、こんなちまちまとした変装まがいのことをしなくて済むのだ。だが、残念ながら実現には至っていない。手に入らないからだ。

一週間に一度しか家を出ない私は、さらに言うなら十七年間この通りをほとんど出ていない。駅前から続く小さな商店街。そこの端にある文房具屋で生まれ、育ち、ようやく育ち終わろうかというところで両親が事故で死んだ。思いがけない金額の保険金と賠償金が一人娘である私に入った。店はすぐに畳んだ。入学したばかりの大学へはそれでも二ヶ月通い、そしてやめた。

以来十七年、私はこの生まれ育った家と商店街を往復して生きている。魚は小池鮮魚店、米はお米のマルフク、豆腐はたかの豆腐、そして洋服はアトリエ・カンナ。入れ替わりに適応するように、服のサイズやデザインがどんどん均一化されていくこの世界で、丹頂鶴柄のエプロンや錦鯉みたいな色合いのブラウスにどれほどの需要があるかは謎だが、いずれにせよそこに目出し帽はなかったのだ。

鏡を見る。顔の上半分が黒っぽく、下半分が白っぽい女がそこにいる。誰だかわからない、もしくはすぐに私だとわかる、その姿に私は安堵する。できれば街の人全員がこんなふうに暮らせばいいのにと思う。そうしたら私はもっと街に馴染み、人に馴染み、自分自身に馴染むことができたかもしれないのだ。

買い物バッグを手に、階段を下りる。つきあたりの薄っぺらいドアを開けると、古く暗く黴臭い店舗が広がっている。ガランとしたショーケースや放り出されたダンボール箱や分厚い埃の積もった時代遅れのレジスター。目が慣れるにつれ、暗闇の中から徐々に浮き上がってくる風景は、両親の死後、店を整理した時のままだ。時が止まったような、という言い回しがあるけれど、あれは嘘だとここを通るたび思う。時は止まらない。ただ意味を失わせるだけだ。すべてのものから意味を奪い取っていく。

外は思いのほか晴れていた。季節がニット帽から日除け帽に移りつつあったことに、歩き出して初めて私は気づく。額に汗をにじませながら、肉屋を回り本屋を覗き豆腐屋に寄る。

代替わりをしたり店舗を建て替えたりはしているが、どこも私が生まれる前からこの通りにあった店だ。肉屋では白い上っ張りを着た主人が、いつものように大きな声で話しかけてくる。

「よう！　久しぶり！　元気か？」

友達かよ、と思いつつも私は肯く。この店で白衣を着ているのは彼だけだ。奥で肉のパック詰めをしている息子はゴムのエプロン姿、コロッケを揚げている息子の嫁は頭に三角巾。肉屋一家の記号的なわかりやすさに、私は安堵する。白衣の胸元を見ながら鶏肉と卵を、そして三角巾にちらりと目をやってコロッケを二個注文した。

「へい！　まいど！」

サイレンのような大音声だ。昔からこの人はどれだけ入れ替わっても（たぶん入れ替わっているのだろう）、不思議なことに声の大きさだけは変わらない。彼の奥さん、何年か前に亡くなった肉屋のかつてのおかみさんも、そこが気に入って結婚したのかもしれない、と私は考え、すぐにそれを打ち消す。ばかばかしい、私じゃあるまいし。

人の顔がみな同じに見えることを母に告白したのはいくつの時だったろう。

「みんなが同じお面をつけているみたい」

ずっと私が抱いていた違和感を、しかし母は「入れ替わり」に馴染めないだけだと思ったようだ。脳の機能が未発達の子供時代には稀にあることだと、もしかするとどこかで聞いたのかもしれない。ソファーの横に私を座らせ、優しく言った。

「大丈夫、みんなそうだから」

「ほんとうに？」

ほんとうにそうなの？　みんな口に出さないだけで人の顔が同じに見えるの？　安心していいの？　でもじゃあどうやって父親と隣の花屋のおじさんを間違わずに見分けているの？

湧き上がった安堵と疑問を口にする前に、母は続けた。

「人は誰でも入れ替わるものなの。何ヶ月かに一度入れ替わって、でもそれは心配に思うことでも怖がることでもないの。だって何度入れ替わってもお母さんはお母さん、お父さんはお父さんでしょ？」

私は落胆した。結局、誰も何もわかってくれない。その「お母さんはお母さん」という確信が持てないのだ。なんとなく見分けることはできる。声の調子や着ているものの感じや性別や年齢や場所、つまり豆腐屋さんの店先でアトリエ・カンナで買った変なエプロンをつけて立っている女の人は、お母さんではなく豆腐屋のおばさんだし、商店街の端っこの文房具屋で学習帳を学年順に並べているのは、学校の先生ではなくお父さんだ。でもそんな推理小説みたいなやり方で誰もが人と接しているわけではないらしいということは、小学生の私もさすがに気づいていた。

「お母さんは私がすぐにわかるの？　私が何度入れ替わっても？」

私が尋ねると、母はわざとらしく目を見開き、肉屋の主人並みの大声で「当たり前でしょう！」と叫んだ。

「百万人の子供の中にまぎれてたってすぐにわかるわよ！」

それから柔らかなソファーを弾ませるようにして身体を起こし、私の肩をぎゅうと抱きしめた。「大丈夫、人は入れ替わるたびに大人になっていくの。いろんなものを捨ててね。だからって何かが変わるわけじゃないけど、そうねえ、もし変わることがあるとすれば、そのたびに本人も周りも少しずつ静かで穏やかな気持ちになっていくことかな。それだけのこと。大丈夫。すぐに慣れるわ」

母の励ましは嬉しかったが、そのピントのずれた言葉が後の人生の役に立ったかといえば一切立たなかった。私は父親と担任教師の区別がつかないまま学校を卒業し、それを誰にも言えないまま進学し、恋人はおろか親しい友達は一人もできず、それどころか人がみな入れ替わっているという実感すらなく、穏やかさとは程遠い境地のまま、これはどうしたものかと思っているところで両親が死んだ。

月に二度あった定休日、二人で駅向こうのデパートのラン展を見に行った帰りに、酒酔い運転の車にはねられたのだ。運転していた若い男は無免許だった。警察に遺体の確認に呼ばれた時のことを覚えている。両親を一度に亡くした私の頭の中を占めていたのは、死にたいほどの悲しみでもなく、爆発しそうな怒りでもなく、「遺体が四つあったらどうしよう」という馬鹿げた考えだった。

「遺体が四つあって正しい両親を選ばなくちゃいけなかったらどうしよう」

百万どころか四。私はちゃんと選べるだろうかと、そればかり考えていた。もちろんそのような事態には陥らず、私は見慣れた服を着た男女を両親と確認し、二人を引き取り、そして家から出なくなった。

商店街は家から駅まで真っ直ぐ続いている。一週間分の生活用品を手にその道を汗ばみながら歩く。お昼が近づくにつれて人が増えた。年配男、中年女、中年女、若い男、子供、若い女、年配女、年配男、女、男、赤ん坊、女、女。みな同じような顔立ちに見える彼らは私とすれ違い、私を追い越し、あるいは私に追い越されてゆく。

もし本当に私以外の人間に「入れ替わり」が行われているなら、彼らと自分は実は同じではないかと考えたことがある。顔が同一に見える私も頻繁に入れ替わる彼らも、曖昧さの中で生きているという点で本質的に一緒ではないか。かすかな希望とともにそう思ったのは、しかし幸福な勘違いだったことを今は知っている。

立ち止まり、荷物を持ち替えながら、空を見上げる。思わずため息が漏れるほど、雲ひとつない見事な青空。ああ、そうだ、二年前のあの日もそうだった。あまりの晴天に誘われるようにして、何年かぶりで商店街をはずれて公園へ行ったのだ。

秋の始まりの頃だったと思う。かすかに色づき始めた銀杏と広々とした芝生。長らく遠ざかっていた健全さに目眩を覚えながら、それでもどこか楽しい気分で私はベンチに腰かけていた。

男、女、女、子供、子供、男、男、男、女、子供。ぼんやりと辺りを見回す目の端がふいに光ったような気がして目を向けると、若い男が何かを空にかざしているのが見えた。真っ白な、おそらくは一枚の皿を、なぜか天に捧げるように誇らしげに掲げている。皿の縁が不自然なほどピカピカと輝いている。男の横には同じ年頃の女がいて、二人の前には小さなお弁当が広げられていた。男が何かを話しかけ、女が笑った。声までは聞こえなかったが、その遠目にもわかる幸福そうな光景を見ているうちに、私は少しずつ、しかし圧倒的に理解したのだ。私と彼らはやはり違う。「お母さんはお母さん」であることが理解できない私には、「愛する人は愛する人」という当たり前の思いもわからないのだと。もし私が誰かを愛する時がくるとしたら、その人の顔だけを私は見分けられるだろう、そして会った瞬間激しい恋に落ちるだろう。子供の頃からどこかでそう信じていたことを思い出す。けれどもそれもまた馬鹿げた考えなのだ。

　両手にずっしりと荷物が食い込む。日差しはますます強くなり、運動不足の私はよろけながら歩く。「あら大丈夫？　手伝おうか？」「ちょっと座って休んでいくか？」。商店街の人が次々声をかけてくれる。魚屋の店先で水を撒いているから魚屋の奥さん、本屋の脇の縁台に座って通りを眺めているから本屋のご隠居。いちいち頭の中で確認しながら私は「大丈夫です」と答える。マスクは息苦しく、声は必要以上にこもり、ニット帽を通して湯気が出ているのではないかと思うくらい暑い。眼鏡は汗で曇っている。みっともないだろうと思う。そんなみっともない私に彼らはいつでも親切だ。それが入れ替わりのもたらす穏やかさなのかどうか私にはわからない。私は未だ他人の入れ替わりを実感できず、同時に自分の入れ替わりも信じていないのだ。

　買い物袋を地面に置き、家の鍵を取り出す。閉ざされたままのシャッター、その脇にある小さなドアを開けた瞬間、私は思い浮かべる。ここで土下座をしていた若い男の顔。血の気を失ったような白い顔とそこだけ場違いな黒い瞳。髪は耳にかかり、頭を下げるたびに少し揺れた。震える声で何度も私の両親を轢き殺したことを詫びる彼に、私は何も言わなかった。

怒りのためではない。彼の顔が誰とも違ったからだ。生まれて初めて私は「人の顔」を見た。百万人の中からでも見分けられる顔。しかし、もちろんそれを彼は知らない。彼はいつまでも座り続け、そして私は人生でただ一人、その時の彼の顔だけを今でも忘れられない。

二階の窓からは商店街が見える。男女女女女男男。穏やかな人々が暮らす穏やかな世界を見下ろしながら、私は帽子を脱ぎ、眼鏡をはずす。穏やかな世界の外には何があるのだろう。穏やかさが排除し続けた絶望があるのだろうか。そしてそこに私はいるのだろうか。

思いながら、マスクをとる。鏡は見ない。

第三話

絵の中の女

街に一つしかない図書館の、そのカウンターの中に女はいる。週に六日、一日の大半を女はそこで過ごし、仕事が終わると十五分の道のりを歩いて家に帰る。女のアパートは駅を挟んだ向こう側にある。駅から続く商店街を女は遅くもなければ速くもない足取りで歩く。買い物はあまりしない。唯一の例外は水曜日で、この日はいつもより少し速足で商店街を回り、冬ごもり前のリスのようにせっせと食料品を買い込む。翌日の木曜日が女の休みで、それに合わせて愛する男がやってくるからだ。女は男のために男の好物のビーフシチューを作る。真夏でもだ。「汗まみれになって食うのがまた醍醐味なんだよなあ」と男は笑い、それから笑顔のままシチューを口に運ぶ。もちろん見たわけではない。私も言われたのだ。同じことを。笑顔で。ずいぶん昔に。男は私の夫だ。

三年ほど前から夫の会社では定期的に、というのはつまり水曜日の夕方だが、重要会議が開かれるようになった。社運をかけた会議は毎回紛糾し、長引き、時にはそのまま居酒屋になだれ込み、あるいは会社に泊まり込んで朝まで皆で熱く議論し合う。

「参っちゃうよなー。電話もできないんだぜ。あ、とりあえず水曜は当分夕飯要らないわ。帰れないかもしれないし」

という話を信じる妻がいるとしたら、それは妻ではなく馬鹿である。もちろん馬鹿ではない妻の私は大袈裟に驚き、「大変ね、頑張ってね」と夫を会社に送り出し、夕方その会社の近くで夫を待ち伏せ、定時に出てきた夫の後をつけて、結果として女のアパートにたどり着いた。夫をつけるのは簡単だった。その頃の夫はひょろりと背が高く、どんな人ごみの中でも頭一つ飛び出ていたからだ。

夫を尾行したのは、それ一度きりだ。今は毎週女の後をつけている。女が図書館に勤めていることがわかったので、そこにも通い続けている。女は古いレンガ造りの図書館の、同じように古ぼけたカウンターの内側で、さらに古い本に囲まれて働いていた。この世界で「入れ替わり」が始まる前、人々がまだ生まれてから死ぬまで一つの顔を後生大事に抱えて生きていた頃の本だ。

襟に紺色の縫い取りが入った制服の白いブラウスと、膝丈のグレーのスカート。図書館にいる女は、まるで絵のように見えた。開館当時からそこに飾られている古い絵。誰もが毎日目にしているはずなのに、あまりに古過ぎるせいで、前を離れた瞬間その存在を忘れてしまうような絵。その絵の中で、女は今ではほとんど手にとる者もない古い本だけを見つめている。

週に一度、水曜日の午前中に私は図書館へ行き、カウンターから一番遠い窓際の席に腰かける。誰も昔の本など読まなくなったせいだろう、図書館にはいつもひとけがない。今日は私のほかに老婆が一人。杖をつき、昔の地図を探していると言っていた。

「地図をね、見たいの」

と老婆は女に話しかける。「ここら辺りの昔の地図よ。大昔の。世の中がまだこんなになっちゃう前の」

老婆は尋ね、女が二言三言答える。女の声は高くもなければ低くもない。遅くもなければ速くもない歩調と同じように、すぐに紛れてどこかへ消えてしまいそうだ。それを読みかけの本に目を落としながら、私は聞くともなしに聞いている。

ここへ通い始めて、ずいぶん本を読むようになった。もう誰も興味を示さない、「入れ替わり」前の古い物語だ。打ち捨てられたような物語。その中の人々は、皆つらそうだった。彼らは決して入れ替わることのない自分と相手を抱えて、頻繁に喜び、頻繁に怒り、頻繁に悲しみ、そして頻繁に恋をしていた。常に誰かを唯一の特別な人として思い、そしてまた誰かにとって唯一の特別な人となりたがっていた。そのごつごつとした剥き出しの感情は、今の私たちには馴染みのないものだ。私はそれを恐怖し、そして恐怖ゆえに物語を読むことをやめられずにいる。もう三年だ。

「あらわざわざ取りに行ってくれるの？　悪いわね。行ってらっしゃい」

老婆の声が響き、女が奥の書庫へ向かって行く。そういえば、とふいに思い出す。私が最初に耳にした女の声は「行ってらっしゃい」だった。あの日、私につけられているとは夢にも思わない夫は定時に会社を出て、真っ直ぐ見知らぬアパートに向かった。浮気だろうとは思ったが確証のないままアパートの前で一時間待ち、出てくる気配がないので家に帰って改めて十時間待った。待っているうちに始発の時間になったので、それに乗って再びアパート前に戻った。さらに一時間十五分待った後、ようやく姿を見せた夫はやはり女と一緒だった。女はアパートの前でにっこり笑いながら夫を見送り、高くもなく低くもない声で言ったのだ。

「行ってらっしゃい」

あの頃の気持ちを、もう私はうまく思い出すことができない。もちろん何も感じなかったわけではない。怒りもしたし、悲しみもした。ただ、それは長くは続かなかった。何度も入れ替わったからだ。私も入れ替わっただろうし、当然、夫も入れ替わった。そのたびに、人ごみの中であのマッチ棒の先のような頭を追い続け、あるいはアパート前で笑い合って手を振る二人を見た時の胸の痛みは薄らいでいった。

今、私に残っているのは記憶だけだ。夫が浮気をしている記憶。自動販売機の陰で夫を待ち伏せた記憶。見知らぬアパートに入り、そこから出てくる夫の記憶。「行ってらっしゃい」と送り出されたすぐ後の夫から届いたメールの記憶。「ごめんごめん、忙しくて連絡できなかった。今日は早上がりだから待ち合わせて肉でも食う？」

何度かの入れ替わりを経て、今はどちらかといえば小柄な夫の後頭部をあの日のようにいくら見つめてみても、悲しみそのものは蘇らない。薄く均一にならされた悲しみの記憶だけが重なっていく。

図書館の中を、足音を立てずに影のように歩く女の姿を目で追いながら、以前ここで読んだ物語を思い出す。若い男が別れた恋人の後をこっそりつけ回すという話だった。男はそれを愛と呼び、つけ回された女は執着と呼んだ。どちらが正解なのか、そもそもその二つがどう違うのか私には見当もつかず、ただ二人ともが悲しんでいることしかわからなかった。

女が書庫へ消えたのを見送り、外へ出た。古いレンガ造りの図書館をぐるりと回り、裏手の公園に出ると、広々とした芝生に陽の光が降り注いでいる。買い物カートを脇にベンチでうたた寝をするおじいさん、ソフトクリームを地べたに落として泣く子供、それをなだめる若い母親。いつかどこかで見たような光景の真ん中に腰を下ろし、私はバッグの中からサンドイッチを取り出す。キュウリと卵、ハムとレタス。水筒にお茶。名前の知らない鳥が足下までやってくるのでパンの切れ端を投げてやる。私のこの姿も誰かにとってはいつかどこかで見た光景なのだろうか。大昔「世界がこんなになっちゃう前」の人たちの時代からそれは続いているのだろうか。

　私は女の昼食のことを考える。かって一度だけ女の昼食風景を見たことがある。図書館通いを始めて一年ばかり経った雨の日だった。飛び込んだ商店街の定食屋に、女も少し遅れてやってきたのだ。女は私には気づかず、定食屋のおばちゃんに親しげに挨拶をし、カキフライ定食を頼んだ。

「ごはんは？」

「うーん、少なめかな、あ、いややっぱり普通でお願いします」

　高くもなく低くもない声。大きくも小さくもない笑い声。制服の白い袖から伸びる腕。濡れた肩口をハンカチで拭う。そこに触れる長くもなければ短くもない髪。薄化粧。女を横目で見ながら、私は何かがずっと引っかかっていた。なんだろう。サンマ定食をつつきながら私は考える。なんだろう。なぜ私は女を毎週毎週つけ回しているのだろう。何がそんなに気になるのだろう。

　女はおばちゃんの噂話に相槌を打っている。アンナだかカンナだかいう洋服屋に入荷した目出し帽の話、それを注文した文房具屋の娘の話。娘は何年も前に両親を事故で亡くし、それからたった一人で商店街の端の店で暮らしているらしい。

「家から出るのは週に一度っきり」と、まるで自分の子供がそうであるかのようにおばちゃんは悲しげに言った。「その時もさ、いつも帽子をかぶって、こーんな大きな眼鏡かけて、マスクしてさ、もうずっと顔なんて見てやしない。かわいそうに」

　定食を行儀よく口に運んで、女はおばちゃんの話を聞く。時折眉をひそめ、その娘に同情し、「でもその格好じゃ却って目立っちゃうね、普通が一番なんだけどね」と意見を述べ、女の反応に満足したおばちゃんが話題を変えると律儀に笑った。横顔に驚くほどくっきりとえくぼが浮かび、その瞬間、私は唐突に理解する。そうだ、えくぼだ。あの朝アパート前で夫へ向ける笑顔にも、今と同じ鮮やかなえくぼが浮かんでいた。女は替わっていない。この一年、一度も入れ替わっていないのだ。

　私がはっきりと意志を持って図書館へ通うようになったのは、それからだ。カウンターの中にいる女が入れ替わっていないことを、あるいはある日突然入れ替わっていることを確かめずにはいられなかった。古い絵のような女が、髪の長いむっちりと太った女に。声のしゃがれた痩せた女に。胸の大きな肉感女に。自分がそれを望んでいるのかはわからない。ただ、もしそうなったら私はもう図書館へは来ないだろうと思った。女のことも一枚の薄っぺらな記憶になって、私はそれを心の中にただ積み重ねるだけなのだ。

だが結局のところ三年経った今も、女は入れ替わってはいない。女自身はそのことに気づいているのだろうかと考え、むろん気づいているに違いないと思う。だからこそあれほど注意深く周囲に紛れようとしているのだ。「普通が一番」という女の声を思い出す。速くもなく遅くもない足取り、高くもなく低くもない声、大きくもなく小さくもない笑い声、長くもなく短くもない髪。

私は女の特徴を指折り数えながら図書館へ戻る。老婆の姿はすでにない。女だけがカウンターに一人立っている。私は席に戻り、読みかけの本を開く。物語の中の人々は相変わらずつらそうに見えた。怒り、傷つき、罵り、特別であることを求め続けていた。誰かをつけ回す男は出てこなかったが、夜中にアイスの当たり棒を見て一人涙する女は出てきた。彼女は別れた恋人とそれを分け合って食べた幸福な日を思い出して泣いているのだった。それは愛なのだろうか執着なのだろうか。

一度、夫に離婚を切り出したことがある。

「別れてくれる？」

突然の言葉に水曜の深夜、女のもとから帰宅した夫は、ほどきかけたネクタイに手をやったまま束の間ぽかんと私の顔を見た。

「どどどどどどして？　ななななな？」

言いながら激しく目を泳がせた。あれほど活発に、かつわかりやすく泳ぐ目を私は初めて見た。重要会議とかビーフシチューとか電話連絡とか、夫の頭の中に高速で流れる単語まで見えるようだった。

もしあのまま夫と離婚していたら、と変色したページを繰りながら私は考える。やはり私は悲しかっただろう。夫も悲しんだかもしれない。けれどもそれはすぐに遠い景色となり、私たちはそれぞれ元の穏やかな暮らしに戻ったはずだ。二人で棒アイスを分け合った記憶はあっても、記念の当たり棒を夜中に取り出して涙するなどということはない。なにもかもが滑らかに平らかに。そういう世界を人は望み、手にしたのだ。

我々は残滓かもしれないと最近私はよく思う。入れ替わり以前のあのごつごつした人々の単なる残滓に過ぎないのではないか。空しい脱け殻のようなものではないか。ならば、とさらに私は思う。ならば彼女はどうなのだろう。入れ替わらない彼女は、今も物語の人々のように生々しい感情を抱えたまま生きているのだろうか。誰かの特別な人であることを求めているのだろうか。たとえば私の夫の。あるいはまったく別の誰かの。

顔をあげて女を探す。カウンターの内側で、女はやはり絵のようだ。ひっそりと古い本に囲まれ、静かに古い物語を見つめている。その変わらぬ姿になぜか安堵しながら、ふと彼女が夫と私にとっての特別な人なのかもしれないと思う。唯一絶対の特別の存在。だが、それがどういうものなのか本当には私にはわからない。

再び本に目を落とす。もはや誰の心にも染み入ることのない、世の中から忘れ去られた古い物語。女が女にだけわかる方法で慈しみ手入れしたそれを、私はひとり読んでいる。

第四話

理想の街

住むなら大きくも小さくもない街がいいと思っていた。数えきれないほどの人間がひっきりなしに入れ替わる大都会でもなく、近所中が家族のように顔を突き合わせながら順々に入れ替わっていく田舎でもなく、風景も人も通り過ぎた瞬間に記憶から消え去ってしまうような、地味で中途半端な街で俺は暮らしたいとずっと思っていた。そういう意味では夢は叶ったのかもしれないと、乱雑に止められた自転車を並べ直しながら、あるいは敷地脇の側溝を掃除しながら俺は思う。

どこにでもありそうな駅ビルと小さなコンコースと駐車場。駐車場は二十四時間開いていて、平日の朝から夜にかけては二人の老人が交代で、夜から朝にかけてはひょろりとした冴えない若い男が一人で、管理室という名のプレハブ小屋に常駐している。その若い男が俺だ。いや、実際はもう若くはないのかもしれない。俺は来月三十になる。

「ここの給料じゃ嫁さんももらえないだろよ」

というようなことを、だから中番のじいさんはしょっちゅう俺に言う。夜十時、深夜番の

郵便はがき

料金受取人払郵便

札幌中央局
承認

1737

差出有効期限
2021年5月
31日まで
●切手不要

0 6 0 - 8 7 8 7
800

札幌市北区北7条西2丁目
37山京ビル1F

有限会社 **寿郎社** 行

お名前	年齢 (　　歳)
ご住所・電話番号 等　〒□□□-□□□□ 電話(　　　)　－　　　e-mail	
ご職業	性別 (男 ・ 女)

本書ご購入の動機 (○印をおつけください)

1 新聞・雑誌広告をみて(新聞・雑誌名　　　　　　)

2 書評をみて(書評掲載紙誌名　　　　　　)

3 書店店頭でみて　4 DMをみて

5 人の紹介で　6 その他

＊このハガキにお書きいただいた個人情報は、ご注文品の配送や新刊案内の送付のために使用いたします。それ以外では使用いたしません。

読者通信

本書をお読みになってのご感想・ご意見等、自由にお書き下さい。

書名：

特別注文書

本書をご購入いただいた方に限り、小社出版物でご希望の図書を送料小社負担で直接郵送させていただきます。下欄に書名をお書き下さい。

お支払いは到着後、1週間以内に同封の郵便振替用紙をご利用のうえ、最寄の郵便局からお振込み下さい。

書名：　　冊数　　冊

書名：　　冊数　　冊

書名：　　冊数　　冊

書名：　　冊数　　冊

書名：　　冊数　　冊

俺と勤務を交代した後もじいさんはすぐには帰らずに、駐車場の柵に腰かけ、思い出したように仕事中の俺に声をかけてくるのだ。

「逆タマ狙ってますから」

俺の答えにじいさんは声を出さずに笑う。前歯が一本抜けている。じいさんの歳は知らない。家族がいるのかどうかもわからない。俺がじいさんについて知っているのは、ずいぶん長くここで働いていることと、いつも必要以上に糊のきいた作業着を着ていることと、滅多に入れ替わらない人だということだけだ。

両替機を確認し、石を拾って脇によけ、切れかかっていた管理室横のライトを取り替える。この時間はまだ十五分おきに電車が到着するので、そのたびに乱れる自転車を整頓する。駐車場の一角にある駐輪場は、どれだけ整えてもすぐにぐちゃぐちゃになる。そういう呪いでもかけられているかのようだ。じいさんは今日もそんな俺をしばらく黙って眺めていたが、やがてふらりと立ち上がると、「殴られるなよ」と声をかけて帰って行った。

もちろん俺だってそうちょくちょく殴られているわけでない。実際には一度きり。半年前、駐輪場でどっちがどっちの自転車を引っかけたとか、どっちのペダルがどっちの脛を打ったとかいうくだらない理由で揉めていた酔っ払い二人の仲裁に入って、気がつけばなぜか俺だけが殴られていた。一瞬、何が起きたかわからなかった。痛いような熱いような衝撃を左頬と右肩あたりに感じて、あっと思った時には地面に尻餅をついていたのだ。見上げた酔っ払いの顔は覚えていない。どちらも同じシルエットだったから、どこにでもある入れ替え仕様のスーツを着ていたのだろう。よく似た中年男性だった。殴り返そうとは思わなかった。どうせ今夜中に二人とも入れ替わってしまうのだろうと、手のひらにアスファルトのざらざらした感触を覚えながらぼんやり考えていただけだ。

　それにしてもあれは酷い話だった、と終電を待ちながら俺は思い出す。時間とともに痛みの薄れた肩はともかく、鏡を見るまでもなくどんどん腫れていった頬は、鍵を失くしたとか精算機がおかしいとか自転車のカゴにゴミが入っていたとか、つまらない理由で管理室を訪れた深夜の客を一瞬で黙らせ、翌朝やってきた早番の方のじいさんをぎょっとさせ、アパートへ帰ったら帰ったで当時一緒に暮らしていた恋人を泣かせた。

「大丈夫、すぐに治るわよ」

　涙と鼻水を同時に流して彼女は言った。保冷剤を俺の頬に当て、「気持ちも身体もすぐに元に戻るわよ。何度か入れ替わればすぐよ」と、うるさいくらいに繰り返した。

　おそらくそうだろうな、と絶望にも似た気持ちで俺は思ったものだ。実際こうして動揺している俺も入れ替わるだろうし、怒りのあまり人を殴ったあの酔っ払いたちもすでに入れ替わっただろうし、しゃくりあげるように泣いているこいつもじきに入れ替わるだろう。激情は平穏へ。痛みは記憶へ。あらゆるものは単なる過去へ。そうして平らかな世界は続くのだ。

　一日くらい休んだら、という彼女の勧めを振りきって、俺はその日の夜も仕事に出た。後悔したのは出勤前、飯でも食べようと商店街へ寄った時だ。すれ違う人間が全員俺を見つめている気がしていたたまれなくなり、思わず目についた店に飛び込んで目出し帽を買った。カンナとかいう名の古臭い洋服屋の店頭にぶら下がっていたそれをかぶると、しかし事態はよけいに悪化したのがわかった。俺の注目度は目出し帽装着前より明らかに上がり、結局目的地の定食屋にたどり着く前にさっさと脱ぎ捨てることになった。腫れ上がった俺の顔を見て平然としていたのは、中番じいさんだけだった。じいさんは俺が手にした目出し帽に目をやり、「お？　これあれ？　商店街のあの服屋で？　やっぱりな。あそこは何でもあるからな。ほら、俺のこれもだ」と、異様に糊のきいた作業着の胸元をつまんでみせた。


　終電は日付が変わる直前に到着する。そのひそやかな混雑が過ぎるのを待って、俺は側溝のゴミ拾いにとりかかる。空き缶、ビニール袋、レシート、チラシ、吸殻。場内ライトと街灯の明かりを頼りに、俺は目についたものを片っ端からゴミ袋に放り込む。

　それにしても毎日これだけのゴミがどこから集まってくるのだろうと、俺はいつも不思議でならない。誰かが捨てるところなど一度も目にしたことがないし、こんなに大量の物を風が運ぶとは到底思えないのに、それでも現実に日々新たなゴミが忽然と出現する。雑誌、ティッシュ、葡萄の芯、サンダル。

今まで俺が拾った中でもっとも奇妙だったのは入れ歯で、もっとも珍しかったのが写真だ。入れ歯はつまみ上げるようにしてすぐにゴミ袋に放り込んだが、写真は思わず手にとってしげしげと眺めた。今では家族写真などほとんど写す意味がなくなってしまったから、たぶんとても古いものなのだろう。見たことのない風変わりな建物の前で、まだ若い笑顔のおそらくは父親と母親、そして蝶ネクタイ姿の小さな男の子が揃ってこちらを見ていた。

もう何年も前のことなのに、その写真を俺はまだ捨てずに持っている。時々、たとえば今夜のような穏やかな夜、終電と始発の間に俺はたった一人駐車場でそれを眺める。街はとても静かだ。バスが去り、客待ちのタクシーが姿を消し、駅前の商店街もすべての店がシャッターを下ろしている。駐車場にも車の出入りはほとんどなくなり、こんなところに人を常駐させる必要がどこにあるのかと自分の立場を忘れて思いながら、俺はアスファルトの上にごろりと横になる。

月がきれいだ。月明かりにかざすようにして、俺は胸ポケットのカードケースに挟んだ写真を取り出す。見ず知らずの、けれども今ではとてもよく見知った気がする三人。父親、母親、子供。微笑む彼らの後ろには、道場のような大きな木造建築があって、俺ははじめそれが何かわからなかった。

「神社じゃねえかな」

と教えてくれたのは、中番じいさんだ。ほら、あのよ、といつものように柵に腰かけたまま、遠くを指さす。

「そこのでっかい公園の辺りが、昔は神社だったのよ。いやおれも見たわけじゃないけど、昔の地図にはそう描いてあってな。かなり広いもんだったらしい。木がずーっと植わってて、ほら、あの図書館の向こうまで」

じいさんの皺だらけの指がさす方に俺は目をやった。ビルやマンションに遮られて今は何も見えなかったが、そこに公園があるのは知っている。広々とした芝生があり、木陰があり、ベンチがあり、鳩が地面をつついている。平和だけれど平凡な公園だ。

「神社、何で潰しちまったんだろうなあ」

じいさんは乾いた声で言った。

「もう必要ないってことでしょうかね」

俺がそう答えると、

「必要ないったってお前」

と、声を出さずに笑った。「時代がなにしようと世の中があれしようと、人なんてもんはそうそう変わらんとおれは思うけどな」

その日の仕事中、俺はずっと消えた神社のことを考えていた。人々が自分の心を持て余し、絶対的な存在を求めていた時代のことだ。それはどんなに不安で、でも確かな日々であったことだろう。

休日、俺は恋人を誘って公園へ出かけた。この街にあったという神社の痕跡を探すためだ。なぜそんなふうに思ったのかはわからない。ただ、どうしても写真の三人が見た景色を、俺も見てみたかったのだ。

俺は夢中で広い公園内を歩き回った。木や植え込みの陰を覗き込み、池の中に目を凝らし、遊歩道の石畳に何か刻まれてはいないかと立ち止まった。そのたびに周りのカップルや親子連れに怪訝な顔をされ、犬には吠えられ、ついには恋人からも「ベンチで待ってる」と愛想をつかされ、それでも俺は歩き続けた。だが、どんなに探しても、かつての神社を思わせるものはなかった。神社は消えていた。何一つ残さず、きれいさっぱりと。

半ば呆然としている俺に、

「もう必要ないのよ」

と、俺がこの前じいさんに言ったのと同じことを彼女は言った。ベンチに座り、脚を前に投げ出し、そのどこか投げやりな態度とは裏腹に、目だけは真っ直ぐ俺を見ていた。しょっちゅう泣いたり笑ったりする彼女は、入れ替わりも多かったが、その時の目だけは俺は今でも覚えている。茶色がかった丸い目だった。

俺は何も答えず、目の前の景色を見つめた。広々とした芝生があり木陰がありベンチがあり池があるその場所は、やがて俺の中で徐々に姿を変えていく。読みかけの本を伏せたような奇妙な屋根を持つ本殿へ、鬱蒼とした大木の繁る森へ、そしてそこで微笑む親子へ。

「ほら、これ」

ポケットから例の写真を取り出して、俺は彼女に見せた。公園の風景と重ねるように、写真をかざす。

「あの辺りにきっとこの大きな建物があって、この辺りはたぶん森が広がっていて、今と同じくらいたくさんの人が集まって」

「かわいそうよね」

突然、彼女は言った。一瞬、俺のことかと思って慌てたが、彼女が指さしているのは写真の中の三人だった。「何かに祈ったり縋ったりしなきゃならないものを抱えて生きるのは、きっととてもつらいことだっただろうね」

あの時どうして俺は何も言わなかったのだろう、と今でも時々考える。言えばよかったじゃないか。じゃあお前は今、本当に穏やかな世界に生きているのか。酔っぱらいに殴られたり、それに驚いて泣いたりした茨のような感情を、ペラペラな過去にしてしまうことにどんな幸福があるのか。俺たちが捨てたと思い込んでいる怒りや憎しみは、あの側溝のゴミのように真っ黒な泥にまみれてどこかに吹き溜まっているだけではないのか。茶色い目を見据えて、そう言えばよかったのに。

　でも俺は言えなかった。咄嗟のことだったからではなく、彼女がその後すぐにワッフルか何かのワゴンを見つけて買いに行ってしまったからでもなく、気がついたからだ。殴られた俺の手当をしながら「すぐに入れ替わるから大丈夫」と慰め続けた彼女の、その希望が俺の絶望であったことを。

　終電が去ってずいぶん経つ。アスファルトの冷えが背中から上ってきて、俺はたまらず立ち上がった。彼女とはあれからしばらくして別れた。直接の原因は些細なことだった。けれどもそれが本当の理由じゃないことは、二人ともきっとわかっていただろう。俺たちは高速で廻る独楽みたいなものだ。静止して見える穏やかさはまやかしで、だからといって本当に止まると倒れてしまう。そんな世界を俺は信用していない。

　街はまだ死んだように静かだ。あと一時間ほどで始発が走り出す。遠くでクラクションが鳴り、俺はゆっくりと振り向く。駅ビルと小さなコンコースと駐車場。無駄に立派な駅前通りと商店街。理想の街、と声に出して俺は笑い、そして唐突に理解する。俺が本当に手に入れたかったのは、目に見える世界だ。黒い感情がどこか知らない場所に吹き溜まっているような嘘臭い世界ではなく、それを抱えながら穏やかに笑っていられる世界だ。たとえばあの写真の三人のように。

「時代が変わろうと世の中が変わろうと人は変わらない」とじいさんは言った。それが本当ならいいと、心底俺は思う。本当のことなどほとんどないこの世界で、そんな希望が持てるなら、確かにここは理想の街だ。

大きく息をつく。遠くの山がうっすら浮かび上がる。もう少しで夜が明けるのだ。一日のうち、一番好きな空の色。側溝にはもうペットボトルが落ちている。

第五話

本当の家族

妻が変わった。替わったんじゃなくて変わった。いや、今までどおり替わってもいるのだろうが、さらに変わった。何を言っているのか。子供ができたのだ。先月、仕事から帰ると妙に神妙な顔で、妻は俺に妊娠を告げた。

「私たち本当に家族になるのよ」

　じゃあ今までは偽物の家族だったかというと、もちろんそんなことはない。それどころか俺たちは、今日まで何年もかけて、現実的かつ理想的な関係をこつこつと築き上げてきたのだ。十六歳で知り合い、十八で彼女から愛を告白され、とりたてて断る理由もなかったので交際を開始、その後はお互いを唯一無二の相手として認め合いながら過ごし、大学を卒業した翌々年つまり二十四歳の時にめでたく結婚し、そこからさらに四年経って彼女が妊娠。四年という年月は彼女の意向であって、俺はそれを汲んで避妊をしたりしなかったりしつつ事に及んでいただけだ。って、やだなあ、何言わせんの。もちろんその間、俺は浮気など一切せず、あ、一度会社帰りに駅でバッタリ会った後輩の女の子と呑みに行って朝帰りをしたことはあったが、別に疚しいことは何もなく、当時、恋愛に悩んでいた後輩は俺たち夫婦のことをしきりに羨ましがって「純愛」とまで呼んだのだ。

　はしご酒の末にたどり着いた街の、見知らぬ駅のホームで始発を待ちながら、「純愛を貫くなんて最高ですね」と後輩は言った。ホームは二階にあって、俺たちは街を見下ろすベンチに腰かけていた。遠くの山の方から空がだんだん明るくなって、駅前の駐車場では誰かが地べたに横になっているのが見えた。俺はそいつが死んでるんじゃないかと気が気じゃなかったが、後輩は「幸せそうですね」と呑気に言った。こいつは何を言ってるんだと顔を見ると、真っ直ぐ目が合った。どうやら地べた男ではなく俺のことを言っているらしい。俺は慌ててうなずいた。まあ幸せなんだろう。俺もそう思う。

　でも、なぜか妻にはそうは見えなかったようだ。「あなたは私と一緒にいて本当に幸せ？」というようなことを彼女はよく言った。それも十八の時からずっとだ。

　女って何で「幸せ」って言葉が好きなんだろうな。いや違うか、物事を確認するのが好きなのか。外食先でも、「これは何？　中身は何でソースは何？」と出てきた料理一つ一つを確かめるし、自分が料理をしても「これはチキンのなんとかだから脂がどうした」とか「こっちはほうれん草をなにしてあれしたものだから全部食べろ」とか、すべて正体を明かしたがる。妻もそうだし、死んだ母親もそうだった。俺はもちろんそんな彼女たちの言うことをおとなしく聞いていた。「食べろ」と言われれば食べ、「これはちょっと塩辛くなり過ぎたから残して」と言われれば黙って従った。そういうのは苦にならない性質なのだ。

　そのせいかどうか、俺はよく優しい人だと言われる。妻も最初の頃はそう言った。最初というか、結婚するあたりまでだったっけか。よく覚えていないが、とにかく一緒に暮らすようになると徐々に俺を「優しい」と評することは減り、やがてはっきりと非難する言葉が増え始めた。不思議だったのは、かつて「優しい」と褒めていたのと同じ部分を、彼女が今度は責めたてたことだ。俺は耐えたよ。耐えたっつうか、まあやり過ごしていた。長い人生にはそんな日もあるさ。けれどもその頃から、彼女はしょっちゅう入れ替わるようになっていた。気持ちが不安定だったんだろう。そして不安定な自分にもイライラしているように見えた。

「何でいつもそうなの？　心の底から何かを欲しいと思ったことはないの？」

　ある時、彼女は言った。何の話かと思うでしょ？　いちご大福だよ。その時俺は彼女の買ってきたいちご大福を食っていた。本当は白餡が好きだけど、彼女が白餡を食べたいと言ったからそっちは譲って漉し餡。彼女もありがとうと言ってそれを食べた。何の問題も落ち度もないと、今でも俺は思うのよ。それなのに突然そんなことを言い出した。呆気にとられる俺に彼女はさらに言い募った。

「やっぱり心がないのね」

心がないってなんだよ、という話ですよ。たかがいちご大福じゃないか。しかもおまえそれ結局食ったじゃないか。けれどもまあ、よくよく考えてみれば、彼女の言うことも一理ある。だって、そうじゃなければ何のために俺たちは入れ替わってるのかという話だから。いくら「入れ替わり以前の世界と何も変化はない」とお上が言ったって、実際こうなったことには意味があるはずだ。それはつまりさんざん喧伝されている「平らかで穏やかで滑らかな世界」を手に入れるためだろう。世界がその境地を目指して構築されたものなら、黙って受け入れて生きるのが一番合理的で楽チンだ。

　俺は妻にそう言った。俺は平凡な人間だ。朝起きて、会社に行って、そこで身に降りかかってくる面倒事を「まあどうせいつかはペラペラの記憶になるのだ」とやり過ごし、そして家に帰って眠る。実際、時が経てば、それらは何の感情も伴わない一枚の記憶になる。そんな毎日の繰り返しを、俺は退屈だとも窮屈だとも感じない。人は平均二ヶ月に一度入れ替わりますとお上が言うなら、俺はきっちり二ヶ月に一度入れ替わるのだろう。そういうタイプの人間だ。自分が入れ替わることにも周りが入れ替わることにも、特別な意味は持たせない。

　俺の言葉を聞いて、妻はずいぶん長いこと黙っていた。あんまり黙っているから不安になって、途中お茶を淹れ直して差し上げたくらいだ。妻はそれを飲まなかった。いや、飲んだんだっけな。いずれにせよ、気が遠くなるような長い沈黙といくつかのため息の後、妻はこう言ったのだ。

「結局あの人たちと違って、あなたにはかけがえのないものなんて何もないのね。それって本当に幸せなの？」

それからふらりと立ち上がり、表情のない目で俺をしばし見つめたかと思うと、「じゃあ」と出て行った。買い物とかじゃないよ。本当にそのまま家を出たんだ。もうね、「じゃあ」ってなんだっつう話だよ。というか「あの人たち」って誰だよ。ねえ誰なの。しかも家出のきっかけがいちご大福って何。

というのが半年前の話だ。妻の行方は一週間経っても二週間経ってもわからなかった。誤解してもらっては困るが、俺にだって感情はある。ただそれを手放すタイミングが妻とはちょっと違うだけだ。俺は妻を探した。仕事の帰りに電車を途中下車して辺りの街をいくつか回り、休みの日には少し遠くまで足をのばした。けれどもいくら歩いても妻の姿は見つけられず、「あの人たち」の正体もわからないままだった。

俺は荒れたね。荒れたというか疲れたね。考え疲れた。初めて訪れる街の公園のベンチで、あるいは重い足を引きずるようにして入った焼き鳥屋で、俺は妻のことを考えた。妻の怒りと妻の喜びと妻の悲しみと。でもどれだけ考えても、やっぱり俺にはそのどれもがピンとはこなかった。思い浮かべる妻の顔はいつもぼんやりと定まらず、時折はっきりと現れる笑顔も当然いつの妻の顔なのかわからなかった。なんだかあの時みたいだ、と脂っぽい焼き鳥屋で痛む脚をさすりながら俺は思う。妻と出会う少し前、死んだ母親の顔を思い浮かべようとしては失敗ばかりしていた中学時代。

　母が死んだのは、俺が中学一年の時だった。長く患っている母の病気が治らないことを、俺はちゃんと知っていた。母がそう言ったからだ。枯れ木のような細い指で俺の手を握り、「お母さんのことを忘れないでね」と母は口癖のように言った。「こんなに早くいなくなってしまうけど忘れないでね」「絶対忘れないでね」

　だから俺はこっそり母の写真を撮ったのだ。父のカメラを無断で借り、止める母を振りきってレンズを向けた。「笑って」と俺は言い、最初頑なに拒否していた母も、結局は困ったように笑った。季節は春だった。庭の桜が満開で、その桜に負けないくらい優しい笑顔を母は浮かべた。はずだった。けれども俺は二度とそれを見ることも思い出すこともできない。母の死後、写真は手元に戻らなかったからだ。現像を頼んだ写真屋のオヤジが手渡してくれた中に、母親の写真は一枚もなかった。

「あの……」

　声をかけた俺に、オヤジは厳しい顔で首を振った。その時、俺はようやくすべてを理解したのだ。母が写真を拒否した理由も、「忘れないで」としつこく口にした意味も。
　人をその場に留めておくことのすべてを、この世界は恐れている。

　数ヶ月にわたる捜索のかいがあって、妻の居所はわかった。家計簿にくすんだ色のチラシが一枚挟んであり、その連絡先がぐるぐると赤ペンで囲まれていたのだ。なんだかよくわからないチラシだったが、怪しさだけは存分ににじみ出ていた。「暗黒時代」「感情開放」「思い出」「かけがえのない人」などの文字が並ぶそれは、もう今すぐ見なかったことにしたいほどイケナイ香りがプンプンしてた。ダメだダメだダメだと、本能のどこかがしきりに訴えかける。見ちゃダメだ。関わっちゃダメだ。気づいちゃダメだ。ほんとこういう時は知らないふりをして、何度か自分が入れ替わるのを待ちたい気持ちになる。だって、そのために俺は替わる自分を積極的に受け入れてんのよ。だが、俺はそうしなかった。開いた家計簿のページに書かれた妻の几帳面な文字が目に止まったからだ。あの日のいちご大福の値段。二個四八〇円。二人で食べて、そののち妻が出て行ったいちご大福。俺は漉し餡。
　俺は立ったままもう一度チラシを眺めた。何度見ても結論は同じだった。これはあれだ、替わらない人たちの集まりだ。もうね、いろんなことが腑に落ちましたよ俺。妻はずいぶん前から、この会を通して替わらない「あの人たち」と関わりを持っていたのだろう。「あの人たち」に共感し、「あの人たち」のような生き方がしたいと願ったのだろう。「あの人たち」に救いを求めたのだろう。それはおそらく妻が俺を「優しい」と思えなくなった頃。俺を心がないと非難し、それでも俺の幸せを思わずにはいられなかった頃。

次の週末、俺はそのチラシの住所を訪ねて妻を連れ戻した。と言うとなにやら格好いいが、要は朝からその建物を見張りに見張って妻が出てくるのを待っただけだ。

俺の粘り腰はすごいよ。その正体不明の古ぼけた家と、そこから続く細い路地、そして隣りの洋服屋に飾られた目出し帽姿の奇妙なマネキンを代わりばんこに見ながら五時間。五時間待って、ついに俺は路地の奥に立つ妻を見つけたのだ。

でもまあ感動の再会というわけにはいかなかった。声をかけた時は気づかなかったが、妻は泣いていたし、その涙の原因であろうと思われる男が妻の横に立っていた。向こうも驚いたろうが、俺も驚いた。それで、痴話喧嘩に口を挟んだ間抜けな犬みたいに二人の顔を交互に眺めるしかなかった。おそらくは替わらない人なのだろう、俺よりいくらか年上に見える男は一度何かを言いかけ、しかしすぐに諦めた。誰も何も言わなかった。商店街に流れる馬鹿げて陽気な音楽だけが俺たちの間に流れる。最初に口を開いたのは妻だ。さっきまで涙を拭いていたその手で俺の手をとり、「帰りましょう」と言った。

妻はそうして家に戻ってきた。彼女は変わった。俺を責めることはなくなり、幸せについて尋ねることもしない。だいいち戻ってすぐに子供ができた。妻曰く「本当の家族になる」ための子供だ。

俺はといえば、相変わらずだ。平凡な毎日を生き、時々、替わらないヤツらのことを考える。まだ目立たない妻のお腹に手を当てながら、替わらないヤツらの子供はやっぱり替わらないのだろうかと考えるのだ。きっとそうなんだろうな。そしてこの子はたぶん俺の子じゃないのだろう。それくらいは俺だってわかる。妻は「心のある」子供を生むはずだ。

「なあ知ってる？　俺たち、純愛って言われてんだぞ」

唐突な俺の言葉に、妻は戸惑ったように笑う。その横顔を見ながら、俺は母の指を思い浮かべる。もしこの子が替わらない子なら、たとえ妻が死んでも、こいつは母親の一番好きな笑顔を鮮やかに思い出すだろう。父親の俺の顔だって記憶に刻むことができる。決して枯れ枝のような指だけではなく。

本当の家族、と俺はそっと声に出してみる。それが聞こえたのか聞こえなかったのか、

「優しい人ね」

と妻が言った。

第六話

回収日

娘が進学して家を出てから、朝が楽になった。二階と台所を何度も往復して寝起きの悪い娘を起こさなくてもいいし、洗面所を娘に占領された夫が邪魔くさく台所で顔を洗うこともないし、量が多いの少ないの彩りがいいの悪いのダイエットしてるのしてないの、小うるさい注文のお弁当作りからも解放された。まったくあのこだわりは何だったんだろうね。「だいたいお母さんの料理は茶色ばっかり過ぎるの！」って、じゃあ十二色クレヨンでも持っていきなさいって話よ。

今は夫婦二人分の朝食と、それとほぼ同じメニューの夫のお弁当を作るだけでいい。夫はまったく手のかからない人だから、お弁当が一色だろうが、おかずが朝食と同じだろうが、それが三日続こうが何も言わずに黙って持っていく。弁当箱全面に安定の茶色を配した充実の構成は、いかにも「働く人のお昼」という感じで我ながら惚れ惚れするが、実際のところ夫の職場も職種も知らない私としては、これが夫にとって真にふさわしい昼食かどうかは謎だ。でも不平を申し立てないということは、満足してるんだろう。

そんなわけで今は朝に余裕ができた。もちろん、パトロールのある日を除いてだ。いや、パトロールじゃなくて「回収」か。マッチーはそういう細かいところにやけにうるさい。別に何と呼ぼうがやってることは一緒なのだから構わないだろうと私なんかは思うんだけど、なんというかお役所仕事というかマニュアル至上主義というか、報告書の書き方や遵守事項の確認や、はては回収時の服装にまでいちいち口を出す。やれブランドものは持ち歩くな、やれ派手な服で出かけるな、やれそのサングラスは目立ち過ぎるし似合わない、ってあんたはお姑さんかっての。あんまり頭にきたから「サングラスをかけなきゃ膜がよく見えないんですよね」って言ったら、そこはさすがに黙ったけどね。まあ嘘なんだけどね。

とにかく回収日の朝はせわしない。洗濯機を回しながら夫の弁当をつめながら朝食の用意をしながら、テレビの天気予報をチェックする。回収自体は雨天中止ってわけじゃないけど、雨は傘が回収の効率を下げるから、どうしても天気が気になってしまう。見逃した時は、夫がかわりに教えてくれる。「母さん、午後から雨だって」とか「ずっと晴れマークが出てるよ」とか。昼にも食べることになる肉巻き牛蒡をにこにこ頬張りながら。

夫の顔は、何度入れ替わっても善良そうに見えるのが不思議だ。その笑顔に、この人は何を思って私に天気を知らせてくれるのだろう、とふと考える。結婚して二十年。私は何も言っていない。回収員であることも、週に二度そのために街を歩き回ることも、だから天気が気になることも。私が夫のことをほとんど何も知らないように、夫も私のことを知らないはずなのだ。でも今日も夫は律儀に天気を教えてくれる。

「今日は晴れ」

夫がにっこり笑う。

「よかった」

私も笑う。

そういえば彼の怒った顔を一度も見たことがない。そんな人でも何ヶ月かごとに顔は替わり続けるということの意味が、私は時々わからなくなる。

家を出るのは、夫が出勤してきっかり十分後だ。そこまで厳密に指示があるわけじゃないけど、自分で決めたそのルールに私は長いあいだ忠実に従っている。こう見えて私も案外真面目なのよというか、せめてそれくらいはやる気を見せなきゃというか、どうせマッチーのことだからそのあたりも全部チェックしてるんでしょというか。

本日の出で立ちは、商店街にある時代遅れの洋装店で買ったつばの広い帽子と、これまた同じ店で買ったブラウス。十二単をまとったかぐや姫としょぼくれた竹藪が前後にプリントされたブラウスは、圧倒的迫力をもってダサい。ダサいというか前時代的ですらある。唯一の長所は体型のすべてというか、どんな入れ替わりにも耐えられそうなゆったりとしたデザインと生地だが、まあ今時の服は皆そうだ。

　ちなみにこれはマッチーの一番のお気に入りでもある。もうずいぶん昔、「あれですよ、あれ。ああいう服装が相手を油断させるのです」と店の前で、ほとんど叫ぶように言い出した時は何の冗談かと思ったけど、でもマッチーは本気で私にこれを買うよう強く勧めた。

　で、買ったわよ。当時、私はまだ二十代だった。二十代ってあんた二十代よ。結婚前で、今の娘とそれほど変わらない歳で、今もし娘にこんなものを着ろと強要したら自殺されかねないくらいの代物だけど、でも当時の私は黙って従った。反発する気力なんて一ミリも湧かなかった。マッチーにだけじゃない。人生にも世の中にもだ。私は絶望し、疲れ果て、ただぼろ布のように日々を流されていた。ブラウスの柄なんて心底どうでもよかったのだ。

　まあだからといって二十年以上も律儀に着続ける義理はないわけだけどさ。ダサいくせにやたら丈夫で、未だ綻び一つないブラウスの裾を引っ張りながら、私は大通りへと急ぐ。駅へ向かって走る若いサラリーマンにぶつかりそうになったのはその時で、いっそぶつかってしまえばよかったと思ったのは、ぎりぎり踏み留まって相手を見上げた時だ。

　あ、と思わず声を出す。男には膜があった。皮膚の上にもう一枚ビニールをかぶせたような、薄く透明な膜を顔に貼りつけて、男がびっくりしたように私を見ている。

「おっと、ごめんなさい」

飛び跳ねるように私を避ける男に、若い人は動きが機敏だわねと妙に冷静に感心するのと、ああまずいと諦めたように思うのはほぼ同時だった。身構える間もなく、彼の激しいどろどろとした感情がうねるように一気に流れ込んでくる。怒りなのか悲しみなのか歓喜なのか、とっさの出来事だったこともあって、すぐには判断がつかない。何か言葉をかけなければ、彼のどこかに触れなければ。思うだけで声は出ず、身体は動かず、ただ激流に耐えるように目をつぶる。それほど長い時間ではなかったと思う。が、次に目を開いた時には、もう男の姿はなかった。ああ、やっちゃったよ。見逃しちゃったよ。回収確認できなかったよ。大失敗だよ。初心者かよ。久しぶりの失態に自分を罵り、膜が落ちていないかと足下にまで目をやるが、もちろんそんなことがあるはずもない。せめてぶつかっていればなあ。そしたら問答無用で膜は剥がれたろうに。未練たらしくそう呟いて、とぼとぼと大通りへ向かう。

人の顔はそんなにあっさりと入れ替わるものではない、ということを知っている人間はこの世界にどれくらいいるのだろう。朝の失敗を挽回すべく、精力的に四人もの回収を済ませ、いつもの喫茶店で遅い昼をとりながら私は思う。まあマッチーは当然知ってるわな。それがあの人の仕事なんだし。というか、マッチーに会うまでは私だって何も知らなかったわけだし。

いや、だってさあ、わからないでしょふつう。人の顔に時々貼りついている薄いお面みたいなものが何かなんて。それをかぶった人に話しかけられたり触られたりした途端、経験したこともないような感情がどこからかなだれ込んでくる理由なんて。子供の私には、わからないことだらけだった。ただ、ほかの皆にはそれが見えていないということだけはわかったから、私は沈黙を選んだ。自分に見えている奇妙なもののことは絶対誰にも言わずにいようと決めた。私はずっと独りだった。

穏やかな世界とやらの中で、自分だけが違う景色を見ている恐怖を抱えて私は成長した。私にとっての世界は禍々しく暴力的で容赦がなかった。顔が入れ替わり、自分の心のうちがどれだけ静かになろうと、他人の感情が際限なく流れ込んでくるなら、世界は剥き出しの岩山のように猛々しいものなのだ。

私は人を嫌い、誰とも話をしたくなくて、世の中のすべてを憎んだ。喜びも悲しみも怒りも絶望も希望も、すべての感情が等しく怖かった。負の思いだけが人を突き動かしているわけではないという事実が怖くて怖くて仕方なかった。そしていつでも寂しかった。

マッチーが初めて私のこの体質を「才能」と呼んだ時、だから私は声をたてて笑ったもんだった。あれはいくつの時だっけ。二十一？　二十二？　とにかく私は気が遠くなるくらい若くて、だからこそ目の前に長く伸びた人生にうんざりしていた。できることなら無人島かどこかでひっそり暮らしたいと切望していたが、むろんそんなことが叶うわけもなく、結局は飛び出すように家を出て、なるべく人と顔を合わせずに済むアルバイトばかりを渡り歩いていた。

いま思い出しても、胸がつぶれそうになる。山のように積まれたダンボール箱の中の軍手を一枚一枚検品しながら、真夜中の街を隅から隅まで歩いてピザ屋のチラシを郵便受けに入れながら、凍るような真冬の水で他人の車を何台も洗いながら、私は目にするものすべてを呪っていた。世界など滅びてしまえばいいと、毎朝毎晩強く願った。

町から呼び出しがあったのは、そんな暮らしを二年ほど続けた頃だったと思う。自分でものを考えることなどとうに放棄していた私は、何の躊躇もなく指示されるまま役場へ向かい、そこで初めてマッチーと会ったのだ。

窓のない物置みたいな狭苦しい部屋で、マッチーはにこりともせずに私を迎えた。あの人は今もろくすっぽ笑顔なんか見せやしないけど、当時はもっと酷かった。くそ真面目な物言いで、「回収員」という耳慣れない職への就任をいきなり要請してきた。もちろんそれが要請という名のついた町からの命令だってことは、いくら私でもすぐにわかったけどさ。

「あなたにしかできない仕事です」

それでも選ばれし者への敬意を込めてマッチーは言ったっけ。「町はあなたの才能を必要としているのです」って。

笑ってはいけない、って方が無理だと思う。実際、笑っちゃったし。でもマッチーは何も言わなかった。まるで私が笑い出すのがわかってたみたいに静かだった。いや、おそらく本当にわかってたんだろう。何もかもわかって、私が絶望していることも疲れていることも何一つ愛しいと思えることがないこともわかって、そして最良のタイミングで声をかけてきたんだろう。彼らは何でも知っているのだ。

喫茶店の小さなテーブルに記入前の報告書を広げ、通りかかったウェイトレスにコーヒーのおかわりを頼む。にっこりと頷いた彼女の顔に、私は思わずみとれる。とてもきれいだ。とてもきれいに入れ替わっている。世界中の人が一人残らずこんなふうに入れ替われば、私だって平穏な人生を送れたろうに、でも悲しいかな現実はそうじゃないってことだ。強い思いはどうしても本人に残ってしまうし、それが私の目には膜のように映るのだと、あの日マッチーは時間をかけて説明してくれた。

「で、私にどうしろと?」

ほとんどなげやりな気分で私が尋ねると、

「回収していただきたいのです」

とマッチーは即答した。

「できる範囲で構いません。膜、つまり残思を貼りつけて歩いている人間から、それを剥がしてほしいのです」

「剥がすって、どうやって？」

「いつもあなたがやってらっしゃるようにです」

淡々とマッチーは言う。「話をするか、あるいは直接身体のどこかに触れるか。触れた方がより確実ではありますが、そうすると相手の感情があなたを通して放出され、膜は自然に消えます。要はあなたはアース線のようなものです。今日までそうとは知らずにアース線の役割を果たしてきたわけです」

まあねえ、自分をアース線にたとえられて愉快か不愉快かといえば、そりゃ不愉快だったけどさ、でも、ああそうか、とも思った。そういうことだったのかって。今まで私に覆いかぶさっていたぐちゃぐちゃの正体はこれだったのかって。しかもそれはこれから一生消えることはないのかって。そう思ったら今まで以上にすべてがどうでもよくなって、私はその場で回収員になることを了承した。

「あなたにとって、回収員の仕事はそれほど難しいものではありません」

私の意志を確認すると、マッチーはそう言って何枚かの書類を取り出した。よく訓練された犬みたいな素速い動きだった。「ただ、なるべく自然な形で相手に接触することだけは心がけてください」

「もし回収に失敗したら？」

「基本的にはそれほど問題はありません」

とマッチーは答えた。「ほとんどの膜は時間とともに自然に剥がれ落ちます。ただし中にはそうでない人もいて、実はそちらが問題なのです」

「というと？」

「固定化が始まるからです。何枚も重なった膜が顔を固定し、やがて彼らは替わらない人となります。替わらない人が増えると、人々は混乱し、傷つけ合い、暮らしは乱れます。ですから、もし彼らを見かけた場合はすぐ町に通報してください。我々にはなかなかわからない彼らを、あなたならすぐに見分けることができるはずです」

　淀みなく言いながら、マッチーは書類を私の前に差し出す。「それも回収員の仕事です。さあサインを」

　ああ本当に人生なんてあっという間だ。そして本当に先のことなどわからない。あの頃の私に、二十年後のおまえは結婚して、娘を生んで、幸せに暮らしを送っていると知らせても、絶対信じやしないだろう。それどころか怒り出すんじゃないかと思う。いい加減なことを言うなって。

　喫茶店の窓からは商店街が見える。豆腐屋肉屋洋服屋米屋雑貨屋荒物屋。もう何百回行き来したかわからない屋並みを、私はゆっくりと眺める。回収員を引き受けてから半年後、私は結婚した。結婚時期も結婚相手も例によって町が決めたけど、もちろん私は黙って従った。町に雇われるとは元々そういうことだし、なにより自分の人生に希望を抱くような気力なんかも相変わらずなかった。

　夫と初めて会う日、町の規則で自分は付き添えないのだと、マッチーは待ち合わせのレストランの場所だけを私に教えてくれた。その生真面目な従順さがおかしくて私は思わず吹き出し、それから少し悲しくなった。町の回し者だからマッチー。ずっと密かにそう呼んでいたけど、私だってそれは同じだってね。

　きれいな顔のウェイトレスが席へ来て、飲み物のおかわりはどうかと尋ねてくる。私はそれを断って、報告書に目を落とす。ペンをとり、今日回収した四人の特徴と、未回収に終わった一人について、規定の項目を順に埋めていく。

　結婚生活は平穏に過ぎていった。夫は優しく、物静かで、毎回見事に入れ替わった。でもそれだけだった。絶望は増えることはあっても減ることはなく、それが私にとっての膜でてもあるかのように日々薄く重なり続けた。いつかダメになるだろう、膜をまとった人がやがて替わらない人になるように、私も絶望を重ねていっていつかダメになるだろう、そうずっと思っていた。でも違った。信じられないことに、夫がそれを剥ぎ取ってくれたのだ。

　今でも覚えている。あれは背中の曲がった小さな老婆だった。膜を貼りつけたまま人ごみに消えた高校生に気をとられていた私は、ちょうど今朝と同じように彼女と衝突しそうになった。今朝と違ったのは、ふらついた老婆が私にもたれかかるように倒れ込んできたことと、彼女がミルフィーユみたいに幾層にもなった頑固な膜の持ち主だったことだ。

　私はほとんど心の準備もないまま、泥流のように押し寄せる彼女の感情をまるごと受け止めなければならなかった。死ぬかと思った。冗談でもなんでもなく、ほんと死ぬかと思ったんだって。あの人がどんな人生を送って、何に怒り、何を悲しんできたのか知らないけど、これを他人に押しつけるとは、なんて図々しい女だと腹まで立てた。

　そして、その晩、私は寝込んだ。あまりのダメージに、ベッドに潜り込んだまま動けなくなったのだ。鬱陶しいことに、その手を夫がずっと握っていた。鬱陶しいと告げることすら鬱陶しくて、私は黙って夫に右手を預けていた。

「大丈夫、すぐによくなるよ」

　と夫は言い、ばっかじゃないの、と私は思った。ばっかじゃないの。なんにも知らないくせに何言ってんの。よくなるわけないじゃないの。どれだけおめでたいの。ばっかじゃないの。私は心の中でしきりに悪態をつき、悪態をつきながらも疲れてウトウトし、目を覚ましてはまた悪態をついた。いつ目を覚ましても、夫は横にいた。手を握り、大丈夫だよと言った。ばっかじゃないの。ほんとにばっかじゃないの。そう思いながらまた眠り、そして何度目かに目覚めた時、ありがちなことだけども、馬鹿は自分だと気づいた。物心ついた時から私を覆っていた毒々しい絶望が、まるで霧が晴れるように消えていたからだ。夫の言うことは本当だった。

報告書を鞄に入れ、私はもう一度窓の外を見る。豆腐屋肉屋洋服屋。洋服屋の脇にある細い路地の奥、煤けたような木造家屋の前に若い男女が三人立っている。男が二人と女が一人。さっきから女はずっと泣いていて、何か声くらいかけりゃいいのに、男二人は気の利かない見物客みたいに突っ立ってそれを眺めている。おおかた三角関係かなんかだろうと思いながら、私は立ち上がって店を出る。通りすがりに思わずじろじろ見ちゃっても、三人の誰もこちらを振り向いたりはしない。若いっていいわねえ。まあ若いっつっても見たところ全員三十は過ぎてるけど、それでも色恋で泣けるなんて結局若いってことなのよ。

心の中で見知らぬ彼らに語りかけながら、私は夫のことを考える。あの夜以来、私と夫は手をつないで眠っている。そうしている限り世の中は怖くないし、すごく幸福な気持ちになれるからだ。なんというか、私たちは町の言いなりに結婚して、愛だの恋だのそんなことは一切なかったけど、それでも自分の人生に訪れるとは想像もしなかった、奇跡のような幸福に身を置いているのは間違いないと思う。ちょっと照れるけどさ。

でも結婚して、本当に私の人生は変わった。あまりにも劇的に変わり過ぎて、時々、夫もマッチーの一人ではないかとすら思うことがあるくらいだ。つまり夫は、回収員の中に溜まった澱のようなものを取り出して中和させる役目を担った人間で、そのために私と結婚したんじゃないかって。そしてそれこそが私の知らない夫の仕事なんじゃないかって。

商店街を抜け、駅を過ぎ、街路樹の影を踏みながら私は役場を目指す。役場ではマッチーが私を、というよりは私の報告書を待ち受け、あれこれ質問してくるだろう。回収に変化はなかったか、気になることはないか、回収対象者の数は増えてはいないか、逆に減ってはいないか、「替わらない人」は見かけなかったか。私はいつものようにそのすべてにノーと答える。マッチーは納得したのかしないのか無表情のまま頷き、そしてまた次回まったく同じことを尋ねるだろう。

回収員になってから、数えきれないくらい同じことを繰り返してきた。退屈といえば退屈だけど、一種の様式美みたいなもんだと私は思っている。それでお互いしばしの平穏が約束されるなら安いもんじゃないか。たとえば、と私はさっき見た三人組のことを思い出す。洋服屋の脇で泣いていたというか、泣いている女を見守っていたというか、あの三人。男のうちの一人は間違いなく「替わらない人」だった。女の方は顔を手で覆っていて確認できなかったけど、一番年嵩の男がそれはもう見事なくらい固定化されていた。思わずまじまじ見ちゃったわ。あれ、本人は知ってるのかなあ。まあ当然、知ってるか。相当年季が入ったふうの顔だったし、何を企んでるのか、あの家には最近替わらない人ばかりが入れかわり立ちかわり出入りしてるから。

　ガソリンスタンド、銀行、ハンバーガーショップ。目をつぶっていてもたどり着けるほど通い慣れた道を、私は黙々と歩く。もうすぐ右手に役場が見えてくる。その不必要に堂々とした外観も、鈍く光る窓ガラスも、屋上から吊るされて風に揺れる垂れ幕も、私はありありと思い浮かべることができる。

「美しい町、平和な心」

　垂れ幕にはそう書かれていて、わかってるのに何度見てもばかばかしさに笑ってしまう。

「美しい町、平和な心」

　あはははは。

　三人組のことやあの家のことを、私はマッチーに報告するつもりはない。穏やかな世界だか平和な心だか知らないが、たとえば見ず知らずの回収員である私に、あるいは一生をともにするであろう誰かに、自分の感情を肩代わりさせる世界は、やはりどこかが不自然で歪んでいると思うからだ。縋るように夫の手を握りながら、切実に私はそう感じてきた。こんなことは絶対に間違ってるって。たとえそれがどれほど醜くとも、人は自分の感情くらいは自分で引き受けるべきだって。ほら、たとえば替わらない人たちのように。

　自転車に乗った親子連れが私を追い越していく。その遠ざかる後ろ姿を見て、ああそうだ、と私は思う。夕飯のメニューを考えなくちゃ。今夜は二週間ぶりに娘が帰ってくるのだ。ビーフシチュー、揚げ豚、茶碗蒸し、八宝菜。娘の好物を思い浮かべながら、役場の門をくぐる。ミートパイ、かぼちゃの肉詰め、揚げ出し豆腐、鶏のトマトソース煮。茶色いだろうか。いや、そうでもないか。「美しい町、平和な心」。垂れ幕に目をやることなく、私は夕飯のことを考え続ける。奇跡のような幸福、と呟いてみる。

第七話

墓

この家に初めて足を踏み入れた時、なぜだかひどく懐かしい気がして「わあ、なんだか懐かしいわあ」と素直に声に出したら、私の前を歩いていた大家が振り向いた。大家は私と同じくらいの、つまりはそろそろ六十に手が届こうかというくらいの女で、夏だというのに丈の長いスカートを穿き、ビニールのスリッパをパタパタいわせながら古い家の中を案内して歩いていた。

「なんだか昔通ってた小学校みたい。ねえ、ほら廊下の板目やなんかも」

興奮気味に続けた私の言葉を、しかし大家は無視するようにまたくるりと前を向く。今はほとんど使ってないけど一応ここが食堂で、で、ここがあんたの部屋で、こっちが風呂場で、でも近くに銭湯もあるからなんならそっちへ行っても、と背中を向けたまま、あちこち扉を開け閉めしてみせる。

「なんていうの？　懐かしいって思うこと自体が懐かしい感じよ」

まだ一度も笑顔を見せたことのない大家の後を、彼女と同じようにスリッパをパタパタいわせて歩きながら、私は言う。もちろん大家は答えない。

　シミの浮いた浴室の壁、ところどころ浮き上がった畳、色の剥げた階段の手すり、廊下に転がる綿ぼこり。どこもかしこもくすんでいて、すべてが時代遅れに思える古い木造建ての下宿屋は、彼女の死んだ夫が親から引き継ぎ、さらに彼女に遺したものだと、ここを紹介してくれた豆腐屋のおかみが言っていた。

「この人もさ、こう見えて律儀なところがあるからさ、死んだ亭主に義理立てしてやめるにやめらんないのよ。ねえ？」

　ついさっき、大家が経営するという洋服屋の店先で、豆腐屋はそう言って笑った。その笑い声がまるで聞こえないかのように、「とりあえず中見てみる？」と大家がのっそり立ち上がる。私の持参した履歴書を、ろくに目も通さずに事務机に仕舞い込み、同じ机から鍵の束をジャラリと取り出した。「でもあれよ、本当にたいしたお給金も出せないわよ。いいの？」とやけに古めかしい言葉を持ち出して念を押した。


　思えばいつも誰かに何かを尋ねられていたように思う。両親が離婚した時、母と二人で祖母の家に身を寄せた時、その母が再婚して私を置いて祖母の家を出た時、祖母が死んだ時、結婚した時、その結婚相手から離婚を迫られた時、一人息子を相手方に「渡した」時。

そのたびに様々な人が、まるで浴びせかけるように私に尋ねてきた。お父さんとお母さんのどちらを選ぶの？　ここに残るの？　これから一人でどうするの？　あの人と結婚するの？　子供は手放すの？　いいの？　それでいいの？

　いいに決まってる、とは言わなかった。言ってはいけない気がしたからだ。でも、本当のところ、私には理解できなかった。彼らが一体何を確かめようとしているのか。何にそんなに怯えているのか。私の何をそんなに哀れんでいるのか。「そのために入れ替わるんじゃないの？」と言いたいけれども言えなかった言葉を、だから私はこっそり心の中で唱えた。遠ざかる父の背中を見送りながら、黴臭い祖母の家の天井を眺めながら、息子の手を引く義父母の上着の袖を見ながら、私は声にならない声で呟く。

「そのために入れ替わるんじゃないの？」

　あらゆる出来事が等しく遠くなるように、あらゆる感情が等しく平らになるように、あらゆる景色が等しく小さくなるように、だから人はみな入れ替わるんでしょう？

　毎朝一番に食堂に向かう。身支度を済ませ、物音一つしない館内を子供のように裸足のままぺたぺた歩く。あの日、大家と二人、病院みたいなビニールスリッパで歩いた埃っぽい廊下は、一年経った今では黒光りするほど磨き込まれている。もちろん磨き込んだのは私だ。

住み込み管理人、というのがこの下宿屋での私の立場であり仕事であったが、「そんな大層なもんじゃないわよ。まあ適当に好きにやってよ」と大家が言ったとおり、時間を持て余してとりあえず毎日掃除ばかりしている。

食堂に入ると、まず窓を開ける。それから晴れた日は勝手口も。裏庭に植えられた太いケヤキの木が一本、その巨体を持て余すように葉を繁らせているのが目に飛び込んでくる。あら懐かしい、と最初にそれを見た時にも私は思わず声に出した。学校にではない、昔住んでいた祖母の家の庭にも太いケヤキがあったのを、ふいに思い出したのだ。

一抱えもある幹を持った大木だった。根元には、伸び放題の夏草が生い茂っていた。草の陰に欠けた火鉢が転がり、火鉢の向こうには小さな犬の墓があった。名前はゴン。犬を飼っていたことすら忘れていたのに、ケヤキを見た瞬間、茶色い垂れた耳や甲高い鳴き声までもが次々と目に浮かんだ。そうだ、ここは学校というより祖母の家に似ているのだと私は一人頷いた。

厨房の大きなヤカンで麦茶を煮出す。合間に焙じ茶を淹れ、勝手口の上がり框に腰かけてゆっくりと飲む。この時間が一日で一番好きだ。真夏の熱を帯びる前の涼やかな風がケヤキの葉を揺らし、完全には目覚めきっていない街を渡っていく。なんて静かなんだろう、と私は思う。街も下宿屋もとても静かで、まるで世界には自分以外誰もいないみたいだ。

いや、実際、ここはいつでも恐ろしいくらい静かなのだ。二階は貸し部屋が四部屋あって、すべてふさがっていると大家は言ったし、確かにそれは事実だったが、それでも時折不安に思うくらい誰もがひっそりと暮らしていた。賑やかなのはどこかの部屋で飼われている小鳥くらいで、姿の見えないその鳥だけがまるで唯一の住人であるかのようにひっきりなしに囀り続けていた。

「なんだかあんまりおとなし過ぎてさ、影と暮らしてるみたいなのよ」

越してきてひと月ほど経った頃、豆腐屋の店先で私は言った。豆腐屋は大家の店から買ったという頓痴気な万国旗柄の割烹着と、それと揃いの三角巾を身につけ、厚揚げを手早く包みながら、「何それ、どういうこと？」と尋ねた。夕方のピークを過ぎた商店街に場違いなほど華やかな音楽が流れている。

「まあ影というか、実体のない感じっていうか」

「実体？」

「いやだからこう気配がないってかさあ」

「やだちょっと、まさか幽霊とか？」

自分で言って自分で笑い、私の差し出したお札を受け取る。レジではなく星条旗がプリントされたポケットにそれを入れ、同じ場所から釣り銭を取り出した。

「でもあれでしょ？　夜中に酔っ払って騒いだりとか、集まってへんな薬やったりとか、そういうのはないんでしょ？」

「まあ、それはね。廊下で会えば挨拶するし、掃除してりゃゴミは運んでくれるし」

「幽霊どころか優等生じゃないの。楽させてもらえばいいのよ」

いたずらっ子のような笑顔でそう言い、木綿豆腐を二丁、「これ残り物で悪いけど。今日中に食べちゃって」と愛想よく渡してよこした。

まあ確かに楽といえば楽なのだ。朝は皆おのおの仕事に出かけ、夜はおのおの仕事から帰り、郵便物や宅配便があれば私から受け取り、その時にはにっこり笑って言葉を交わす。それが交流のすべてであり、管理人の仕事のほとんどだ。数年前にリフォームした個室には小さなキッチンがあるし、いまどき賄い付きの下宿もないだろうから、食事のことは考えなくていいと大家には言われた。つまり「食堂」は正確には食堂ではなく、ソファやテーブルを置いた「休憩室」になっているのだが、しかし常識的に考えて自宅と同じ家の中にある休憩室で改まって休憩する人間はそうはいない。必然的に私だけが頻繁にそこに出入りし、念入りに掃除をし、ソファーでくつろぎ、自室の狭苦しい流し台ではなく広々とした厨房で料理を作るようになった。

いや、だから楽なのよ。もらった豆腐で麻婆豆腐を作りながら、私は再び思った。楽チンで快適で、でもまるであの頃みたいなのよ。

誰かと暮らしているはずなのに、その人は笑いもしなければ余計な話もしない。話しかければ答えるけど、それは本当にただそれだけで、視線はいつも私を素通りして他の何かを見ている。たとえばテレビ、たとえば息子、たとえばここにはいない別の人。

「お風呂沸いたけど」「ああ」「明日は何時に出るの」「七時」「お義母さんが葡萄を送ってくれたわ」「そう」

そうなってしまった原因を探ることを私はしなかった。ただ意味の擦り切れたやりとりを日々繰り返し、やがて言葉だけではなくお互いの存在すら無意味になってきた頃、私と夫は離婚した。それでいいの？　と親しい人には訊かれたけれど、当たり前だとやっぱり私は思った。だってそのために私たちは入れ替わっているのでしょう？

忍び寄る夕闇の中で、私はまるであの頃のような心持ちになる。どこにも届かない言葉、はしゃいだようなテレビの声、子供のつむじ、積み重ねられる穏やかな拒絶。

調理台に置いたラジオから、遠い国のやけに明るい音楽が流れてくる。どこかで聞いたことがあると思ったら、昔住んでいた街にやってきた移動パン屋のテーマ曲だった。ああ、そうだ。この曲が聞こえると、積み木や絵本やミニカーを放り出して息子はジャムパンを買いに行こうとねだったのだった。飛び跳ねるように早く早くと私の手を引いたのだった。「ジャンパン、ジャンパン」と回らない口で叫ぶ息子の甲高い声が聞こえた気がして、思わず手をとめる。無意識に辺りを見回し、それから大きく息を一つ吐いてニンニクを刻む。ここで暮らすようになってから、なぜだか無性に昔のことを思い出すようになってしまった。ラジオを消すと鳥の声が聞こえた。夕方にも鳥は鳴くのだ。

その日、大量に出来上がった麻婆豆腐を私は冷蔵庫へ入れた。「ご自由にどうぞ（管理人）」と書いた紙を扉に貼る。あの時は誰かと暮らしている実感が欲しかったのだろう、半ばやけっぱちでそうした麻婆豆腐は、しかし意外なことに翌朝にはほとんどなくなっていた。

嬉しくなった私は、それ以来、お茶や余った惣菜を厨房の冷蔵庫へ入れておくようになり、住人たちもせっせと消費するようになったが、だからといって私と彼らが親密になったかというと、これがまったくそんなことはない。

彼らの計算し尽くされたような過不足のなさは、三ヶ月経っても半年経っても何一つ変わることはなく、やがて私は彼らが強烈な意志を持ってそうしているのだろうと確信するようになった。そしてそれはおそらく正解だった。

だからというべきかどうか、結局、この一年の間に私が一番多く言葉を交わしたのは、皮肉なことにここの住人ではなく、どこの誰とも知らない女である。住人の誰かの部屋に転がり込んできたのだろう、いつのまにか居着いていた女は、昼間ひとりで部屋にいるのが退屈なのか、しょっちゅう一階に下りてきては「休憩室」でお茶を飲んだり、玄関脇の花壇に水をやったりしていた。

女は私を見かけると、決まって愛想よく話しかけてきた。冷蔵庫の野菜スープが美味しかったから作り方を教えてほしいとか、商店街の福引でティッシュが当たったとか、裏庭の大きな木は何という木なのかとか、他愛のないことばかりだったが、影のような住人との暮らしにぼんやり疲れていた私には、彼女のその馴染み深い親しさが心地よかった。大きな蜘蛛を見つけて叫んだり、雨に降られて大慌てで駆け込んできたり、女は賑やかで騒々しかった。もしかすると彼女も疲れていたのかもしれない、と思い至ったのはずいぶん後になってからである。

女は若かった。若いといってもまあ三十代で、そしておそらくは人妻だった。もちろん今一緒にいる男ではない男の妻である。最初嵌めていた結婚指輪は外されており、私はそれに気づいていて気づかないふりをし、女も私が気づいていることには気づかないふりをしていた。

「何も聞かないんですね」

と、一度女が言ったことがある。私たちは風呂場の黴取りの最中で、マスクの隙間から女の目だけが見えていた。誰かに似ている、とあの時私は思ったのだった。こんな時代に「似ている」などと考えることは無意味だとはわかっていたが、それでもどこか頑なな眉間には見覚えがあった。

「聞くって何を？」

と私は言う。

「私、子供がほしいんですよね」

私の問いには答えず、唐突に女は言った。「もうそれしかない気がするんですよね」マスクの向こうで短く笑い、それから思い出したように黴取り液を窓の桟に塗った。その手元を見つめながら、どこから来たの？　何があったの？　本当は誰の妻なの？　あなたたちはここで何をしているの？　声に出さずに胸の中で唱えるように問いかけてみる。でもそんな問いは無意味なことを私はよく知っている。

商店街に流れ始めた朝の音楽がかすかに届く。勝手口の上がり框に腰かけた私の足元にまで日は延びてきた。世界を照らす光が少しずつ白く強くなる。とても気持ちのいい朝だ。ここから見る朝の景色がとても好きだと女も言った。

女は泣いていた。いつものようにお茶を沸かそうと食堂に入った私は、ソファでうずくまるようにして涙を流している彼女を見つけたのだ。ぎょっとして一瞬立ち止まった私の気配に女が振り向く。泣きはらした目の印象がなんとなく今までと違っていたから、おそらくは入れ替わったのだろう。昨夜か、あるいは今朝か。冷静にそんなことを考えながら「おはよう」と私はさりげなく声をかける。女は弱々しく頷いた。

窓を開け、勝手口のドアを開き、お茶を淹れた。まだ涙を流している女に声をかけ、二人並んで外を眺めながらそれを飲んだ。私は何も言わず、やがて女が、気持ちのいい場所ですね、とポツリと言った。

「こうしていると嫌なことも忘れられそうですね」

「こうしてなくても、いつか全部遠くなるわよ。そういう世の中だもの」

私の言葉に女は小さく頷き、それから私をじっと見た。

「私、替わったでしょう」

とふいに女が言った。「入れ替わったんですよね、今朝彼にそう言われました」

彼、と口にする時、彼女は二階に目をやった。つられて私もくすんだ天井に瞬間目を向ける。視線を戻すと、女は涙を浮かべた目でじっと私を見ていた。

「ここへ来てから三ヶ月、ずっと替わらなかったんですけど」

「うん」

「でも今朝とうとう」

「……替わりたくないの？」

そんなつもりは全然なかったのに、尋ねてしまう。小声になったことに自分自身驚きながら、ああ、と唐突に思い当たった。この人は祖母に似ているのだ。そうだ、私の祖母もこんな人だった。思ったとたんに古い記憶が波のように押し寄せてくる。

昼でも陽の入らない暗い廊下、擦り切れた畳、窓のない納戸のような祖母の部屋。そこで祖母は死んだ人や会えなくなってしまった人の写真を幾枚も飾り、いつも彼らに語りかけていた。世界が変わってしまう前は、人は皆こうしていたのだと祖母は言った。それが嘘か本当か私にはわからない。ただ私は怯えていた。入れ替わりを忌み嫌い、自分が替わっていることすら認めたがらない祖母のことが町に知れたらどうなるのだろうと、それだけが怖かった。替わらない人や替わりたがらない人がどうなってしまうのか、本当に知っている人など周りにはいなかったのだ。

ゴン。さらに私は思い出す。

「本当はもうこんなことはしちゃいかんらしいけど、まあ年寄りのやることだから多めにみてくれるだろ」

ゴンが死んだ時、祖母はそう言いながら、庭の隅に亡骸を埋めて手を合わせたのだった。

穴を掘ったのは私だ。高校に上がったばかりの頃で、その時期すでに母親はほとんど家に戻らなくなっていた。雨上がりだったのに、庭の土はかたく、掘り進めるのに苦労した。焦れば焦るほど、ゴツゴツとしたスコップの痛いような感触だけが響いた。

とにかく目立たないように。ケヤキの陰になるように。夏草が早く伸びてここが墓だと気づかれないように。誰にもバレないように。どうか通報されないように。

私はそればかり考えて必死に庭を掘り返した。ようやく地中に寝かせた犬に土をかけた時、祖母は口の中でモゴモゴと低く歌うように呟いた。あれは一体何の歌だったんだろう。

「ここに来てしまえば大丈夫だと思ったのに」

女は涙を拭う。「ダメでしたねえ。いろんなことを思い出して、でもそれだけでした」

女が何を言っているのか、私にはさっぱりわからない。ただ馬鹿みたいに女の横に腰かけているしかできない私に、

「替わることはそんなに素晴らしいことなんでしょうか」

ふいに女が言った。やっぱり祖母みたいだ。祖母もよくそんなようなことを言ってたっけ。

「難しいことはわかんないけど」

私は答える。答えながら、様々なシーンが目に浮かぶ。祖母の歌が、父の後ろ姿が、母の手の感触が、息子の声が、くっきりと蘇る。

「たとえどんなつらい目にあっても、いつか必ず平安が訪れると約束されてるってのはそん

なに悪くないことだと思うけど。そこに縋る人生もあるのよ」

　短い沈黙が流れた。

「管理人さんは私の夫に似ています」

　やがて祖母に似ている女はそう言った。夫、と発音する時に二階を見上げなかったから、たぶんそれは彼女がどこかへ置いてきた本当の夫なんだろう。女はもう泣いてはいなかった。お茶を一口飲み、ケヤキの木を見上げながら言う。

「そういえば夫のことも私はここでずいぶん思い出しました。出会った頃のことや一緒に暮らし始めた時のことや昔のアパートの電話番号まで。替わらない人の側では記憶が鮮やかになるって本当だったんですね」

　それから静かに立ち上がり、戸惑う私に言う。「知ってました？　ここには替わらない人ばかりが住んでるんです」


　あの朝もこんなふうに青空が広がっていた。厨房に戻り、ガスの火をとめ、盥に浸したヤカンに水道水をかけ流す。冷蔵庫からほとんど空になった昨日のお茶ボトルを取り出し、水洗いする。

　女はあれからも間もなく出ていった。下宿の玄関前で男二人と揉める女を目撃したと豆腐屋が言っていたから、おそらくは「夫」に連れ戻されたんじゃないかと思う。私は女の最後の言葉を信じなかった。かといってまったくの嘘だと思ったわけでもなかった。ただ他のすべての事柄と同じように遠い景色にしてしまおうと考えただけだ。裏庭にあの小鳥の墓を見つけるまでは。

そこだけ色の変わった地面が墓だとわかったのは、萎れた野花が手向けられていたからで、鳥のものだとわかったのは急に鳴き声が止んだからだ。ゴンと同じだ。何度やめてくれと頼んでも、これは生きているものの務めだと祖母はゴンの墓を飾った。忘れることは悲しいことだと祖母は死ぬまで言い続けた。

なるほど、と私は思う。やはりここには替わらない人が住んでいるのだ。

風が厨房を吹き抜け、冷蔵庫の貼り紙を揺らす。「ご自由にどうぞ」の余白に書かれた「いつもごちそうさま」の几帳面な文字。誰が書いたかわからないペンの跡を私はじっと見る。その過不足のない礼儀正しさをじっと見る。

どうするの？　と誰かが尋ねる声がする。どうするの？　誰かに言うの？　それとも黙ってどこかへ移るの？　あるいは思い出とともにここで暮らすの？　どうするの？　通報するの？　いいの？　それでいいの？　どうするの？

私には何ひとつ答えられない。

第八話

灰色の雪

まさかこれは売れないだろう、と思っていたワンピースが午前中のうちにあっさり売れた。白と赤のストライプの、一言でいうなら入学式の「紅白幕」みたいなド派手な生地で、一体誰が着るのよこれと思っていたら、見たことのない中年女がふらりとやってきて買っていった。

　昔ながらのマネキンが身につけていた分には問題ないが、生身の人間が着るにはサイズがきっちりし過ぎている。現に女が試着してみると丈が長過ぎたし、逆に身幅は窮屈そうだ。試着室で「どう?」とポーズをとる女に正直にそう告げたら、「あら、そう?　そうよねえ?　でもまあいいわ。いずれ替わるし」と言って財布を広げた。いいなら訊くなよ、とはもちろん言わずに、黙って代金を受け取る。世の中にはほんと、奇妙な趣味の人がいるものだ。

　とはいえ、世間的に見て「奇妙な趣味」の持ち主は私の方だというのもわかっている。吹けば飛ぶような小さな町の小さな商店街のこれまた小さな洋品屋で、「一体誰が着るのよこれ」と思うような服を売っている。この間、塾帰りの小学生が「キテレツ百貨店」とうちを指さしながら呼んでいるのを耳にしたが、それはどう考えても褒め過ぎで、百貨店というほど品揃えは豊富ではないし、何もかもが中途半端だ。

　苦笑いする私を裸のマネキンが見下ろしている。もう今更いいかとも思ったが、蛍光灯の白い光の下、紅白幕ワンピを脱いでぬらりと立っているマネキンがなんだか気色悪いので、とりあえず手近にあったエプロンをつけさせた。龍がうねるように天に上っている絵柄。その毒々しくも妙に神々しい姿に、「裸エプロンしかも龍」と声に出して言ってみたらこれが案外おかしくて、一人でクスクス笑った。

「奥さん、楽しそうだね。珍しい」

　突然、声をかけられてぎょっとする。見ると、開け放したドアから同じ商店街の惣菜屋の親父が、手に持った包みを捧げるように上下させながら顔を覗かせていた。

「あ、ごめんごめん、おどかすつもりじゃなかったんだけど、お昼まだでしょ？　これ朝揚げの残りで悪いけど」

　全身から油の匂いを立ち上らせて包みを差し出す惣菜屋の白衣は、いつもお腹の辺りが薄く汚れていて、お礼の言葉を口にしながら、私はなぜかそれをまじまじ見つめてしまう。「コロッケコロッケ、かぼちゃの。悪いねえいっつもおんなじアレで」

　言いながら、惣菜屋は店の中をうろうろと歩き回り、意味もなく売り物のスカートの裾を広げたり、畳んだTシャツを裏返したり、天井を見上げて「どう？　電球まだ切れてない？　いつでも言ってよ、オレ替えてやっから」などと声を張り上げたりする。

五年前だか七年前だかに奥さんを亡くしたという惣菜屋は、豆腐屋の女房に言わせると私に気があるそうだが、それを聞いた時には笑い死ぬかと思うくらい笑った。涙を流さんばかりにしている私を見て、「あんたでもそんなに笑うことがあるんだねえ」と最初、豆腐屋は驚きながらも一緒に笑っていたが、だんだん困ったような怒ったような顔になって「何よ、何がそんなにおかしいのよ」と詰め寄ってきたのだった。

慌てて「だっていい歳して面倒くさいじゃない」と答えると、豆腐屋はこれまた納得したようなしないような曖昧な仕草で頷き、「あんたもさー、いつまでも死んだ亭主に義理立てしてることもないんじゃないの？」などとズレたことを言い、さらに「だいたい気があるんじゃなかったら何のために忙しい中、店ほっぽり出して娘に叱られてしょっちゅう通ってくんのよ」と、なぜか声を潜めた。

まあ豆腐屋の言うこともわからないではないけど、惣菜屋がここへ何しに来るかというと、やっぱり見張りに来てるんじゃないかと私は思っている。

「なんかあれだって？　裏の下宿、管理人置いたんだって？」

見えるはずのない店の裏に目をやりながら、今も惣菜屋は尋ねてきた。だったら何だってのよ？　そう言いたいのをこらえて、私は辛抱強く答える。

「管理人ってほど大層なもんじゃなくて、留守番みたいな、ほら荷物が届いたとか集金だとか、いちいち店の方に来られても面倒だから。おたくみたいにしっかりした娘さんがいてくれればいいんだけどさ」

「いやいや、うちの娘も口うるさいばっかりで」

惣菜屋は急にバタバタと手を振り、その手で薄くなった額をぺろりと撫でた。

「ま、なんかあったらいつでも言ってよ。あ、そうだ、今夜、肉屋とカラオケ行くんだけどたまにはどう？」

まるで探るように言う。

「今夜はちょっと先約が」

断ると、「んもう、また？　いっつも付き合い悪いんだから。じゃまた今度ね」と、なぜだか駅裏のゲイバーのママみたいな口調で笑いながら出ていった。


それにしても世の中の人たちが、何でそんなに他人のことに首を突っ込みたがるのかがわからない。惣菜屋のくれたコロッケでお昼を済ませながら、私はつくづくそう思う。

昨日は昨日で、その下宿の管理人が辛気くさい顔で突然店までやってきて、帳簿つけ中の私に向かって相談があると言い出した。一度、いや二度だったかな、もしかすると三度かもしれないが、とにかく数えるほどしか会ったことのない人間から一体何を相談されることがあろうか、まさか金？　だったらこっちが貸してほしいくらいなんですけど、見ます？　この帳簿。と心の中で身構えた私に、管理人はさっきの惣菜屋とまるきり同じ仕草で見えない裏を指さし、「あの……」としばし言い淀んだ後、決意の表情でこうささやいた。

「あの……あそこ、裏の下宿に替わらない人たちばかりが住んでいるのはご存知ですか？」

「知ってるけど」

　というのは嘘だけど。

　自分でも驚くくらいあっさりと嘘をついたのは、忙しかったのと、面倒だったのと、なによりそんなことにはまったく興味がないからだ。けれども私のそのでまかせに、管理人はずいぶん驚いたようだった。目と口をぱかりと開いたアホ面で、黙って私を見つめる。

「で、それが何？　役所にでも通報する？　私はどうでもいいけど」

　言いながら、本当にどうでもいい、と心の底から私は思う。顔が毎日替わろうが、呪いのお面か何かみたいに一生替わるまいが、誰がうちの下宿で暮らそうが、まったくもってどうでもいい。そもそもそんなことを気にして一体何になるというのだ。

　自慢じゃないが、私は自分の亭主がいわゆる「替わらない人」だということにすら気づいていなかった。二十年前、彼が旅先で失踪した時に初めて役所から聞かされるまで、そんな人がいることすら知らなかった。何て名前だっけ、あの役所の人。役所の地下の薄暗い部屋でニコリともせず、まあ夫が失踪して泣いてる女相手にニコニコ笑う馬鹿もいないだろうけど、それでもふつう慰めの言葉くらいあると思うでしょ？　でもそれもなく、いやまあ、だらだら泣き続ける私にティッシュを渡しながら「大丈夫、すぐに均されますから」となぜか誇らしげに言ったのは慰めだったのかもしれないが、とにかくその男に聞かされるまで私は何も知らなかった。替わらない人とやらがいることも、夫がそうである可能性が高いことも、それが失踪と関わりがあるかもしれないことも。

「感情が生のまま残されている人たちですからね」

と役所の男は言った。「自分の中の澱に沈んでしまったり、時には周りをそこに引きずり込んだりするのです」

　何言ってるのかさっぱりわからなかったなあ。辛気くさい顔して妙なことばかり口走って、そのくせやけに事務的で、でも結局夫のことは探してくれなくて、最後はいくつかの決め事を押しつけられたっけ。夫が見つかったらすぐに連絡することとか、見つからなくても年に一度は連絡することとか、役所側からも常にコンタクトが取れるようにしておくことかだけど、まあ要は夫の生死動向が気になって仕方がないということだろう。なにしろ「替ない人」は危険人物らしいから。

そういえば、あの役所の男とこの管理人はそっくりだ。杓子定規で面白みがない。無人島で二人きりになったとしても、決して友達にはなれそうにない。島の反対側に住んでさ、普段口なんか聞かないくせに、盆暮れには嫌味ったらしく付け届け持ってくる、うまく言えないけど絶対そういうタイプだ。

「だったらいいんです」

恐ろしいものでも見るような目で私を見て、それから逃げるみたいに店を出ていった。だからさー、いいなら訊くなってのよ。

ああ、隠居したい。

管理人の後ろ姿を見ながらしみじみ思った。とっとと隠居して、店も畳んで、下宿を閉めて、面倒なこと全部置き去りにして、どこかに行きたかった。だって、本当は結婚した時に夫とそう決めたのだ。なるべく早く隠居して、店も畳んで、下宿を閉めて、面倒なこと全部置き去りにして二人で旅に出ようって。

「だから俺、一生懸命働くよ」

若き日の夫は言ったものだった。新婚の頃だから三十年前。当時この店は夫が世界のあちこちから買いつけてきた物を売る雑貨屋だった。もちろん実質的に店を切り盛りしていたのは私で、「一生懸命働く」と誓った夫は、一生懸命働くあまり世界中を旅してほとんど家には戻らなかった。帰ってくるのは年に数えるほどだったが、でも私はそれが楽しみで楽しみで、何日も前から料理を仕込み、商店街のどこからでもここが見えるようにと店先を派手に飾りつけた。それこそ紅白幕を張るみたいにして。

夫はどこに行ったのだろう。甘ったるいかぼちゃコロッケを食べつつ、口に出してみる。自分でも考えたし、いろんな人にもそう聞かれた。なかでも役所のあの男は、尋ねるだけでは飽きたらず、しょっちゅう私の周りをウロウロしては、私がこっそり夫と連絡をとってはいないか探りを入れてきた。年月とともに、というかおそらくは私の顔が替わるとともに回数は減ったが、今も監視は続いているだろう。

そんな中、私は確かに「均され」ていった。泣きはらした悲しみも、置き去りにされた苦しみも、信じて疑わなかった未来を奪われた絶望も、すべてが遠い一枚の景色になった頃、私は誰かに夫のことを聞かれると「死んだ」と答えるようになっていた。いなくなったことと死んだことの違いなど、もうどうでもよかった。

膝に落ちたコロッケかすを払いながら、カレンダーに目をやる。三十年。三十年前の今日、私と夫は結婚したのだ。夫との結婚生活は実質十年で、おまけにそのほとんどを離れ離れに暮らして、でもこの日だけは夫は必ず家に戻ってきた。「今回の出迎えはまた派手だなあ。でもほっとするよ」と、私が飾りつけた店を眺め回して笑いながら。

立ち上がり、店の奥へ向かう。棚から埃まみれの古い箱を下ろし、そっと蓋を開ける。化石のペンダント、見知らぬ言葉で書かれた小さな絵本、開けることのできないからくり箱、小さなスノードーム。かつて夫が私に買ってきてくれたお土産を、私は一つ一つ手にとって眺める。もうずいぶん前のことなのに、どれもが昔のままだった。絵本のインクは色鮮やかで、からくり箱はかすかに木の香りが残り、スノードームの中にはまるで現実そのもののような精巧な街並みが閉じ込められていた。そこに降るのは不思議な灰色の雪だ。

「これ、どうして灰色なの？　雪じゃないの？」

初めて手にした時、私はそう尋ねた。

「どうしてかなあ。それよりさ、この街になんとなく似てない？」

夫は私の質問には答えず、ドームの中の家々を指さして言った。

「一目見た途端、なんだか懐かしいような気がしてね、思わず買っちゃったの。この中に君がいるような気がして」

若かったなあ。そんな歯の浮くようなセリフをさらりと口にしたりされたりするほどには、お互い若かった。あの頃は惣菜屋もハゲてなかったし、豆腐屋の女房はまだ嫁にきてなかったし、下宿屋は始めたばかりだった。裏庭のケヤキも今よりずっと細っこかった。まさかそこが「替わらない人」の溜まり場になるとは、思いもしなかった。

店のドアが開く音がして、私は慌てて店に出る。腰の曲がった老婆が膝掛けを欲しがったので、真赤なバラがド派手に編み込まれたものを一枚売った。老婆を見送るのと入れ違いに若い女性の二人連れがやってきて、長い時間かけてあれこれ物色してから、足首にコブラが巻きついた柄のタイツを二足ずつ買っていった。やれやれと思ったところで小学生の女の子が習い事用の布バッグを、それが済むと今度は豆腐屋が現れて、「裸エプロンしかも龍」をあらゆる角度からまじまじと見つめた後、購入を決意した。

商売をやっていると必ずこういう時がある。ひっきりなしに客が来て、今まで売れなかったものが売れ、休む暇も考える暇もなくなるような、まるで天から餞別でも受け取っているみたいな時間だ。

マネキンからエプロンを外す私に、

「それにしても、あんたも凄い趣味の服ばっかり仕入れるわよねえ」

と感心したように豆腐屋は言う。私が答える前に、

「でも私には言われたくないか」

自分でそう言ってアハハハと笑った。豆腐屋の無意味な明るさには、つくづく商売向きの性格だと感動すらする。そういう性格だから豆腐屋に嫁いだのか、あるいは豆腐屋に嫁いだからこそ入れ替わりのたびに少しずつ豆腐屋仕様になっていったのか。それは謎だが、もし後者だとしたら、私は入れ替わりのたびに亭主に逃げられたキテレツ百貨店の偏屈ばばあ仕様になっていってるのだろう。

「ところで今日も来た？　惣菜屋」

帰りがけに豆腐屋は目をキラキラさせて尋ねた。

「コロッケ持ってきてくれた。かぼちゃの。あ、あとカラオケに誘われた」

「うわあ！　やっぱり！」

若い娘みたいな、はしゃいだ声をあげる。

「やっぱりあんたに気があんのよ。で、行くの？　カラオケ行くんでしょ？」

「今夜は先約があるから」

「やあだ、何言ってんのよ、もういい加減に観念しなさいよ！」

豆腐屋は、笑いながら私の肩を軽く叩く。「ハゲてるけど、悪い人じゃないわよ惣菜屋。天国の旦那さんも、きっとあんたには幸せになってほしいと思ってると思うわよ」

ふいに神妙な声で言った。

豆腐屋が帰ると、私は大きく息をつき、その場に立ったまま店をぐるりと見回した。夫がいなくなってから雑貨の仕入れにたちまち行き詰まった私が、見よう見まねでやってきた店だ。目がチカチカするような色使いのブラウスや、犯罪に使えそうな目出し帽、カーテンみたいなサイズのスカートに、鎧ばりに糊のきいた作業服。再び裸になったマネキンは、そのまま店先に立たせた。もう服を着せる必要はない。目印は要らないのだ。

外はいつのまにか夕暮れが迫っていた。財布だけをエプロンのポケットに入れて、ふらりと店を出る。夕餉の材料を求める人で混雑し始めた通りをゆっくりと歩く。振り返ると、行き交う人の間から裸のマネキンがぽつりと見えた。目立たないかと思ったけれども、案外にょっきり目に入るのがおかしくて、また一人でクスクス笑った。すれ違った男子中学生が、不気味なものを見るような目で私を見たけど、そんなことはちっとも気にならない。

肉屋を過ぎ、豆腐屋を過ぎる。豆腐屋が客の相手をしながら手振りでカラオケの真似をするのを笑ってやり過ごすと、駅に着くまではもう誰にも会わなかった。現金で切符を買う。財布を出す時、ポケットの中のスノードームに気がついた。客が来た時、咄嗟に入れてしまったのだろう。ホームへの階段を上りながら、私はそれを取り出した。蛍光灯の白白とした明かりを反射して、キラキラと灰色の雪が舞う。

「この街になんとなく似てない？」

夫の言葉を思い出す。あの時は正直あまりぴんとこなかったけれども、今は夫の言ってたことがよくわかる。二階のホームからはポツリポツリと明かりの灯り始めた街が見渡せ、それは手のひらの中の小さな街並みにそっくりだ。穏やかで静かな暮らしという名の下、善意という灰色の雪が街全体を覆うのが、きっと夫には見えていたのだろう。いや、きっと私だってわかっていた。だからこそ毒々しいまでの賑やかさで、店を飾り立てていたのだ。夫だけではない、同じ気持ちの誰かの目印になるように。


ホームに急行が滑り込んできた。今朝早くかかってきた電話、あれは本当に夫の声だったろうかと心のどこかでかすかに疑いながら、それでも私は電車に乗り込む。

「待たせて悪かったね。旅に出よう」

突然の電話の相手はそう言って、それから待ち合わせの場所と時間を短く告げたのだ。

エプロン姿でサンダル履きの私を乗せて、電車は静かに走り出す。何かの罠かもしれないと思わないこともない。役所の男がそこで待ち受けているかもしれないし、あるいは今頃もぬけの殻になった店を怪しんで惣菜屋がご注進に走っているかもしれない。もしくは全然関係ないところで、管理人が下宿の秘密を通報しているかもしれない。

でも、もうどうでもいいのだ。面倒なこと全部置き去りにして二人で旅に出ようと私たちは約束した。それを果たしに行くだけだ。手のひらの中で、あるいは窓の外で、灰色の雪の降り続ける街を眺めながら。

本書は『季刊メタポゾン』二〇一一年冬号〜二〇一三年新春号に掲載された「均された世界」を加筆・修正して改題したものです。

北大路公子（きたおおじ・きみこ）
1960年代、北海道札幌市生まれ。文筆家。
2005年、ネットの公開日記をまとめた『枕もとに靴——ああ無情の泥酔日記』で寿郎社からデビュー。著書に『最後のおでん』『ぐうたら旅日記——恐山・知床をゆく』（以上、寿郎社）、『生きていてもいいかしら日記』『頭の中身が漏れ出る日々』『すべて忘れて生きていく』『私のことはほっといてください』（以上、PHP文芸文庫）、『ロスねこ日記』（小学館）、『いやよいやよも旅のうち』『石の裏にも三年』『晴れても雪でも』（以上、集英社文庫）など。

ハッピーライフ

発　行　2020年9月30日 初版第1刷

著　者　北大路公子

発行者　土肥寿郎

発行所　有限会社寿郎社
〒060－0807 北海道札幌市北区北7条西2丁目37山京ビル
電話 011-708-8565　FAX 011-708-8566
E-mail doi@jurousha.com
URL https://www.ju-rousha.com
郵便振替 02730-3-10602

印刷所　モリモト印刷株式会社

ISBN 978-4-909281-30-2 C0093

北大路公子の本

枕もとに靴
ああ無情の泥酔日記

定価：本体一七〇〇円＋税
★在庫僅少

ISBN 978-4-902269-50-5

最後のおでん
続・ああ無情の泥酔日記

定価：本体一五〇〇円＋税
★在庫僅少

ISBN 978-4-902269-51-2

ぐうたら旅日記
恐山・知床をゆく

定価：本体一三〇〇円＋税

ISBN 978-4-902269-57-4